간세와 백신

뚜벅이의 제주 올레길

26코스 완보기

구연미

간세와 백신

뚜벅이의 제주 올레길
26코스 완보기

생각나눔

목차

들어가기

간세 타고서 백신 맞으러

인간은 늘 자기가 가지지 못한 것을 욕망한다. 자연히 내 것, 내 집, 내 나라보다 남의 것, 이웃집 먼 나라를 그리워하며 엿보기를 좋아한다. 그런데 코로나로 2020년부터 지구촌 모든 나라가 빗장을 걸어 잠그자 그만 발이 꽁꽁 묶여버렸다. 내내 마스크를 쓰고 거리를 두며 코로나 블루 속에 하루하루를 살았다. 위드 코로나, 롱코비드, 엔데믹이란 단어가 일상이 된 지금, 수렵채집을 하던 원시 조상의 DNA를 물려받아 노마드 기질을 지닌 우리는 도대체 어떻게 해야 하지? 편한 신발을 신고 사람 냄새가 나는 곳을 걷고 싶다. 닫힌 공간보다 탁 트인 벌판 푸른 바다 초록이 지천인 숲길을 간절히 걷고 싶다.

팬데믹 시기, 어디가 최적지일까? 바로 우리나라 가장 아름다운 섬 제주도 올레길이 떠올랐다. 올레길 위에서 간세—제주 올레길 표시 조랑말 마스코트—를 타고 신나게 달리려 한다. 올레길 26코스를 다 걷고 나면 길은 내게 엄청난 천연 코로나 백신을 선물하게 될 것이다. 100세 시대, 유엔이 정한 생의 주기에서는 18세부터 65세까지가 청년, 66세부터 79세까지가 중년 시기라 한다. 그렇다면 아직 청년인 나는 백신으로 무장한 돈키호테가 되어 간세

로시난테를 타고 코로나 델타든 오미크론이든 다 덤벼라 하면서 또 다른 하루를 기꺼이 열정적으로 살아갈 수 있을 게다. 가자. 그냥 첫발을 내디뎌 보자. 함께 걷고 함께 느끼고 함께 기뻐하고 싶다, 문득.

1. 언 흙밭에 청보리 싹이

1-1코스. 우도

3주 이상 예상한 트래킹. 짐은 25리터 배낭과 중형, 소형 캐리어 각각 하나로 단출하다. 밤에 현관 입구에 세워둔 짐을 바라본다. 노마드로 살아가려면 무조건 가벼워야지. 귀가 순해지는 육 학년쯤 되니 더하기보다 빼기를, 채우기보다 지우기를 먼저 생각한다. 하나씩 내려놓고 줄여야 가볍고 홀가분해진다. 그래야 떠나기도 날아오르기도 수월하다.

2021년 1월 3일, 남편과 함께 아침 비행기에 오른다. 40분 후 창밖 비행기 날개 끝 하얀 구름 떼 사이로 희멀건 삼각뿔 같은 게 보인다. 뭐지? 눈 모자 쓴 한라산 정상이 구름 위로 머리를 쑥 내민 거네. 공항에서 안심워치를 대여한다. 여성 솔로 하이커의 안전을 위해 제주 올레 재단이 시행하는 안전시스템이다. 위치추적 기능이 있어 긴급 상황 시 빨간 버튼을 누르면 경찰이 바로 출동한단다. 걷기와 관련된 다양한 기능이 장착된 스마트 시계인 데다 반납하면 맡긴 5만 원을 환급해 준다니 당연히 이용해야지. 안심워치가 손오공의 요술봉 같아 든든하다. 급행버스로 눈 쌓인 도로를 달려 성산읍에 도착한다. 캐리어를 끌고 숙소를 찾느라 좀 헤맸다. 첫 베이스캠프인 성산읍의 한 호텔에 짐을 부려놓고 택시로 성산항 여객터미널로 가서 우도 가는 배에 오른다.

첫 코스는 1-1 우도 코스. 우도는 제주를 그간 수차례 왔으나 아직 한 번도 가보지 못한 곳이다. 배를 타고 15분쯤 지나니 벌써 천진항이다. 어, 제주도 가 바로 코앞이네. 항구에서 파란 간세를 찾았다. 파란 간세 복장을 열면 올 레길 걷기 인증 스탬프가 들어있다. 간세를 찾아내 스탬프를 찍는 재미가 쏠 쏠하다. 지친 뚜벅이를 달래는, 묘한 힘을 갖고 있다. 우도 관광 팸플릿에 올 레길 시작을 알리는 첫 스탬프를 꾹 찍는다.

북쪽 바닷가 길을 택한다. 우도는 이름처럼 누워있는 소를 닮은 구릉 형태 의 섬이다. 밭 사이로 난 길 끝 지평선에 한라산 봉우리가 검뿌옇게 보인다. 남편과 함께 걷는 길은 동네 마실 가듯 편안하고 가볍다. 파도가 해안가 돌 무더기를 사정없이 때린다. 크림 같은 하얀 포말이 해안선을 따라 넓둥근 띠 를 형성한다. 겨울 바다. 김남주 시인의 「겨울 바다」에 있던 허무나 절망은 여 기에 없다. 양탄자를 타고 나르는 상쾌함과 전동 자전거 페달에 발만 얹고 달리는 신바람만 있을 뿐이다.

유난히 눈이 부신 하얀 모래 해변이 나온다. 이리 희디흰 모래 해변은 처 음 본다. 옥빛과 감청빛 이음새의 바닷물이 흰 모래밭 위에 반짝이며 일렁거 린다. 국내 유일의 홍조단괴 해빈이란다. 이름이 영 낯설다. 바다 홍조류에 의해서 형성된 모래 퇴적지대라는데, 붉은빛이 전혀 없어 이미지와 이름이 전혀 매치되지 않는다. 그저 우도에서 가장 아름답고 몽환적인 해변일 뿐. 여기에 삼삼오오 감탄사를 연발하는 관광객과 종종거리며 따라다니는 갈매기 떼가 오버랩된다.

하우목동항 근처 해물짬뽕집에 들러 우도 대표 음식인 해물짬뽕을 시켰다. 걸쭉한 붉은 국물에 바다에서 막 건진 싱싱한 뿔소라, 꽃게, 새우, 홍합이 톳과 어우러져 저마다의 때깔과 맵시와 향을 뽐낸다. 침이 절로 고인다. 우도 땅콩막걸리까지 곁들이니 더할 나위가 없다. 둘 다 매운 걸 잘 못 먹지만, 호호 불어가며 맛나게 먹는다. 맵지만 싱싱한 맛이다. 매운 입을 달래려 옆 가게에서 땅콩 아이스크림을 주문한다. 참새 떼가 호르륵 마당에 쏟아진다. 고개를 들고 빤히 쳐다본다. 한 입만 달라는 애절한 눈빛으로. 어, 요 녀석들 봐라! 땅콩을 몇 알 떼 주니 종종거리며 달려와 바로 쪼아 먹는다. 설마 하고 아이스크림을 조금 떼서 주니 바로 달려와서 꼴깍 삼켜버린다. 헐! 다들 몸집이 오동통한 너구리인 이유를 알겠다. 대책 없는 녀석들이나 너무나 귀엽다. 사람을 조금도 경계하지 않는다. 숲 대신 아이스크림 가게 마당에 아예 살림을 차렸다. 인간 때문에 살찐 강아지가 되어버린 참새, 참 미안하다.

메마른 밭 돌담 위 파란 하늘. 눈이 시원하다. 숭숭 뚫린 돌담 구멍으로 흘러나오는 바닷바람도 차갑지 않다. 언 흙밭에 청보리 싹이 시퍼렇게 깔려있다. 봄이 오면 우도 벌판은 초록 보리 물결로 넘실대겠지. 어린것은 다 예쁘고 사랑스럽다. 기어코 맞이할 생의 찬란한 순간을 가슴 속에 품고 자라니까. 해안도로를 따라 걸으면서 물빛을 가만히 본다. 황조류가 있는 곳은 얼룩덜룩하고, 조개껍질이 깔린 곳은 백옥이며 흑석 모래가 깔린 곳은 검뿌옇다. 물밑 생태가 우리어 그대로 물빛이 된다. 매 순간 선택의 집합체가 현재의 나라면 지금 나는 어떤 때깔과 맵시를 띠고 있으며, 타인의 눈에 나는 어떤 색깔과 모양과 향기를 지닌 사람으로 기억될까?

우도봉은 새해 해맞이객이 많이 모일까 봐 출입금지를 시켜놨다. 가지 말라면 안 가면 되지. 우도를 거의 다 돌아 천진항 근처 골목길까지 왔다. 조그만 찻집 옆 주차장 입구 큰 돌박에 적힌 글자 때문에 둘이 빵 터졌다. 'P 차델디 ―우도다방'. 처음엔 '차델디'가 뭐지 했다. 세상에나! 주차장 표시를 주인장 스타일로 과감하게 표기한 거다. 계속 웃음이 터져 나왔다. 참 정겹다.

배를 타고 성산읍으로 나왔다. 현지인 택시 기사가 알려준 맛집, 쌈총사 횟

집에서 특별한 한라산회 한 상을 맞는다. 싱싱한 해산물 요리가 주메뉴 전에 줄줄이 나온다. 특히, 삶은 딱새우와 소라 전복은 짭쪼름한 푸른 바다 맛이다. 빨간 생선 탕수육도 별미. 드디어 광어회가 나온다. 왜 한라산회인지 알겠다. 가운데에 숭덩숭덩 썬 광어회가 얼음 그릇 위에 눈 덮인 한라산을 이루고 주변은 연어 알을 장식으로 얹은, 각종 야채와 해초 샐러드가 영락없이 산기슭 모양이다. 기발하다. 싱싱하기까지 해서 더 맛있다.

남편은 밤에 부산으로 돌아가야 한다. 기분 좋게 이별주를 마신다. 순환버스 타는 곳까지 배웅하고 돌아선다. 쿨하게 헤어진다. 두고 가는 그의 마음이 무거울까 봐 손을 흔들고는 씩씩하게 숙소로 돌아간다. 사실 연초 제주 올레 26 코스는 혼자 걷기로 이미 마음먹은 거다. 첫날이라 격려차 함께 왔을 뿐. 나보다 더 나를 믿어주는 사람. 누군가가 나를 믿어준다는 것은 엄청 에너지가 된다. 그 누군가가 반쪽이라면 더할 나위 없다. 이름만 호텔이지 숙소는 좀 허름하다. 하지만 자는 데는 아무 문제가 없다. 내일 코스를 점검하고 잔다.

2021.01.03.

2. 나랑 한 몸인 것들

1코스 시흥초 - 광치기 해변, 2코스 광치기 - 온평

잠에서 깨자마자 바로 아침을 차린다. 조그만 테이블에 차려진 밥상. 데운 햇반과 육개장에, 가져온 파김치, 섞박지, 오이지, 멸치볶음. 그럴싸하다. 아침을 잘 먹어야 하루가 제대로 열린다. 아침 챙겨 먹기는 나만의 오래된 루틴이자 의식이다. 각종 비타민도 챙겨 먹고 택시로 시흥초등학교까지 간다. 먼동이 트기 직전이라 사방이 깊고 푸르다. 심호흡을 크게 한다. 혼자 시작하는 올레 첫 코스. 혼자 사뭇 비장하다. 시작지점 찾기는 늘 어렵다. 법복을 입고 새벽기도 가는 아주머니에게 길을 묻는다. 친절하게 알려준다. 푸른 간세 앞에 서라면서 인증사진도 찍어준다. 고마운 분. 합장하며 감사의 마음을 전한다.

좁은 밭길 사이로 서서히 올라간다. 말미오름 입구도 출입금지다. 코로나가 「동물농장」의 나폴레옹처럼 곳곳에서 우릴 통제하고 있다. 에둘러 가지 뭐. 알오름 아래 꽤 큰 가족묘지가 길 따라 길게 조성되어 있다. 권세 있는 집안인가? 봉분이 열두 기 이상 널려있다. 벌초가 되어 깔끔하다. 일반 비석에 상석이 없는 무덤도 있고, 벼슬을 한 조상 무덤 앞에는 갓비석에 상석이 차려져 있고 곁에 문인석도 세워져 있다. 살아생전의 출세 여부가 사후 묘의 형태

17

로 고스란히 남아있다. 이러니 옛날 양반이 입신양명에 목숨을 걸었지. 양쪽 가장자리에는 이끼 낀 망주석이 묘지를 말없이 지키며 서있다.

이른 아침 붉은 햇빛이 검은 수목 실루엣 사이로 비집고 들어온다. 장엄한 아침 풍경이다. 묘지와 길 사이에 놓인 돌담, 삶과 죽음의 경계일까? 어느 철학자가 살아가는 것과 늙어가는 것, 그리고 죽어가는 것이 같은 뜻이라 했다. 공감한다. 칼날 위에 서있는 무녀처럼, 장터에서 줄을 타는 줄광대처럼 생사의 경계에서 한쪽으로 쏠리지 않고 꼿꼿하게 서서 내 길을 무사히 끝까지 걸어갈 수 있을까? 생각만으로도 뒷골이 서늘해진다.

종달리 옛 소금밭 터가 나온다. 근현대사의 물결에 휩쓸려 갯벌이 염전이 되고, 염전은 다시 논이 되었다가 지금은 갈대밭으로 변해 있다. 갈대로 에워싸인 저수지에 종다리는 없고 백로와 청둥오리와 갈매기 떼만 가득하다. 종달리 마을을 걸어가는 내내 옛시조에서 노고지리라 불리던 종다리가 자꾸 떠오른다. 종달종달 하면서 웅얼거린다. 아닐지도 몰라. 논바닥을 종종거리며 달려가서 종다리일 수도 있어. 해변 모래밭 사이 패인 고랑으로 냇물이 흘러 바다로 간다. 바다 끝에 성산포가 청회색 실루엣으로 떠있다. 『어린 왕자』에서 어린 내레이터가 그렸던 코끼리를 삼킨 보아뱀 모양으로. 몽환적이다.

바닷가다. 해변 우드덱을 따라 깨끗이 손질된 오징어가 만국기처럼 가지런히 걸려있다. 냄새가 일차적으로 나를 유혹한다. 입맛을 다신다. 오징어 속살이 저리도 흴 줄이야! 반건조 상태라 살짝 구워 고추장에 찍어 먹으면 끝내줄걸. 내가 낭만고양이였으면! 침만 삼키고 그냥 걷는다. 해변에 근사한 테이블과 빈 의자가 놓여있다. 배낭을 내려놓고 커피와 견과류로 휴식을 취한다. 테이블 위에 덩그렇게 놓인 배낭과 스틱. 나랑 한 몸인 것들. 파도가 없는 해변은 참 고요하다. 걷고 또 걷는다.

성산 갑문이 보인다. 물 높이를 조절해 배를 오르내리게 하는 시설이다. 다리를 건너 걸어가니 성산포항 여객터미널이 보인다. 어제 남편이랑 우도 가는 배를 탄 곳이라 반갑다. 성산 일출봉을 바라보면서 구불구불 예쁘게 만들어진 구릉길을 에돌아 올라갔다가 수미포로 내려간다. 다리가 좀 쑤신다.

신혼여행 첫날 한복에 두루마기까지 입고 성산 일출봉에서 올라가 온몸으로 맞았던 겨울바람이 문득 생각난다. 촌스럽게 신혼여행지에 한복은 왜 입고 갔을까? 그때는 다들 그랬겠지. 눈바람에 붉은 두루마기와 치맛자락이 허공에 펄럭거리고, 콧물은 나고 얼굴은 얼었고, 고무신은 자꾸 벗겨지고, 에고! 간혹 생각이 나긴 하나 돌아가고 싶진 않다. 너무 힘든 시절이었다. 나이든 지금이 훨씬 더 자유로워서 행복하다.

해변로를 따라 걷다 보니 43 유적지 터진목 입간판이 보인다. 덤불 사이

로 광치기 해변이 펼쳐진다. 여기서 토벌대에게 끌려온 양민 460여 명이 학살되었다. 광활하게 펼쳐진 광치기 해변의 파도와 모래는 기막힌 역사를 기억하고 있을까? 억울한 이들의 한이 느껴져서인지 나도 모르게 눈물이 난다. 지금 살아서 걷고 있는 나. 빚진 기분이 든다. 회색빛 성산 일출봉과 바다. 해변에 매여있는 말은 싱싱한 무를 아삭아삭 소리 내면서 맛나게 먹고 있다. 광치기 해변은 그저 고요하고 평화롭기만 하다. 간세를 찾아 스탬프를 찍고는 광치기 해변을 흐느적흐느적 빠져나온다.

차도로 올라가다 보니 사거리가 나온다. 왼쪽에는 숙소가 있는 쪽이고 위로는 버스정류장이다. 오른쪽은 다리 건너 마을인데 길 표지 리본이라고는 보이지 않는다. 길에서 측량을 하고 있는 기사에게 식산봉 가는 길을 물으니 잘 모른다. 동네 주민도 마찬가지. 식산봉이 어디인지 처음 듣는다는 표정이다. 하기야 먹고 살기 바쁜데 본토박이에게 올레길이 중요하겠나! 대로변에서 왔다 갔다 하며 종종걸음을 쳤다. 1코스 15㎞를 막 걸어왔고, 2코스를 이어 걸으려는데 난감하다. 갑자기 피로가 밀려온다. 에라, 모르겠다. 다리 쪽으로 한번 가보자. 식산봉은 스킵하고 중간 스탬프가 있는 제주 동마트 쪽으로 물어 물어서 갔다. 여기서부터 리본을 찾아가면 되는 거다.

대수산봉 초입부터는 길 표시가 잘 되어있다. 다행이다. 리본도 간세도 어서 오라고 반긴다. 대수산봉의 순우리말 이름이 '큰물 뫼'다. 이리 예쁜 우리말 이름을 두고 왜 한자어로 바꿨는지 모르겠다. 낯선 길 위에선 사람보다 올레 표지인 리본과 간세가 훨씬 반갑다. 대수산봉 초입의 간세 곁에 동그란 대리석 의자 셋이 정겹게 놓여있다. 음, 설치 미술품이구만. 경사가 완만한 산길이라 걷기 딱 좋다. 전망대에 서니 지나온 길과 가야 할 길이 한눈에 다 보인다. 왼쪽은 성산 일출봉과 광치기 해변이고, 오른쪽은 섭지코지다. 내려 가는 길이 제법 길다. 덮어놓고 막살면 안 되지만, 걸을 때는 덮어놓고 막 걸 어야 할 때가 있다. 다른 선택지가 없는 길에선 그냥 닥치고 걷는 것만이 정 답이다.

평지로 내려와서 혼인지로 향한다. 제주 시조인 고 씨, 부 씨, 양 씨의 혼 인 설화를 스토리텔링하여 관광지로 조성한 곳이다. 여름에는 마당가와 담 벼락에 화려한 수국꽃 잔치가 벌어진다는데, 지금은 겨울바람 맞고 선 나목 과 마른 잔디만으로도 충분히 멋스럽다. 혼인지를 에워싼 우드덱길을 따라가 면서 혼례관과 연못을 본다. 신혼부부나 젊은 연인이 혹할 만한 곳이다. 나 는 결혼을 왜 했을까? 뭣도 모르고 홀어머니에 사형제 맏이인 그를 사랑하는 바람에 힘들게 살았다. 세월이 흘러 아이들이 자라 제자리를 찾아가고, 나도 여유를 가지면서 조금씩 나아졌다. 정신없이 산 삼사십 대보다 얼굴에 잔주 름 져도 좀 더 너그러워진 지금이 훨씬 좋다. 누구는 청춘을 돌려달라고 하 는데 나는 노다. 자유는 그 무엇과도 바꿀 수 없는 최상의 가치니까.

다리가 몹시 아파 온평 포구가 그저 빨리 나왔으면 하는 마음뿐이다. 지치면 잡념이 사라진다. 그것마저 버려야 한 걸음이라도 더 뗄 수 있으니까. 골목길을 터벅터벅 걷다가 희한한 집 입구를 보고 놀란다. 기둥 양쪽에서 눈향나무가 전지되어 아치를 이루고 있고, 아치 중앙에는 나무줄기가 도넛 모양으로 꼬여서 그 위로 불꽃처럼 푸른 가지가 하늘로 솟구쳐 있다. 가운데 매달린 빨간 하트 표지판에는 삐뚤빼뚤한 글씨로 '반갑습니다.'를 써놨다. 입구 기둥 한쪽에는 엄청나게 큰 엄지척 모양을 한 손 조각이 있다. '당신이 최고입니다.'라는 서툰 글씨와 함께.

눈물이 픽 났다. 집주인이 지친 내게 엄지척을 하면서 만나서 반갑고, 당신이 최고라고 말해 주는 것 같다. 속이 뜨거워진다. 조각 솜씨나 글씨가 좀 조잡한들 어떠랴! 강한 울림을 주면 되지. 갤러리에 전시된 유명 설치미술가의 작품보다 더 감동이다. 나도 이름 모를 주인장을 향해 엄지척을 한다. 힘이 솟는다. 그래, 나 혼자 걷는 게 아니었구나. 이렇게 격려해 주는 보이지 않는 이웃이 있구나.

온평 환해장성이 해안을 따라 길게 펼쳐져 있다. 바다로 침입해 오는 적의 접안과 상륙을 막기 위해 고려 시대부터 조선 시대에 걸쳐 쌓은 돌성이다. 해안선을 따라 길고 넓둥글게 쌓아 올린 돌성. 어떤 곳은 돌이 무너져 있고 어떤 곳은 제법 우뚝하게 담 형태를 유지하고 있다. 옛날 제주 백성은 어떤 마음으로 환해장성을 쌓았을까? 적이 쳐들어오면 끝이라는 마음에 사력을 다해 쌓았을까? 아니면 탑처럼 쌓아 올리면서 안정과 평화를 달라고 기도하면서 울력으로 쌓았을까? 제 땅과 목숨을 지키기 위해 돌성을 쌓은 이들의 피와 땀의 산물인 환해장성. 돌 하나하나가 다 귀하게 느껴진다.

2코스 끝점에서 간세가 수고했다고 격하게 안아준다. 오늘 두 코스를 걸었다. 총 28㎞, 48,300보다. 동네 마트에서 반창고를 샀다. 발목이 벌겋게 까였다. 중등산화를 충분히 길들여졌다고 생각했는데 날씨가 추우니까 가죽이 딱딱해져서 발목을 힘들게 하더니, 휴! 발에 익은 경등산화 하나 더 챙겨 오길 잘했다. 하마터면 내일 못 걸을 뻔했네. 애썼다, 미야.

01.04.

3. 눈이 마주친 찰나의 정적!

3코스 온평·표선, 4코스 표선 — 알토산 고팡

여섯 시경 레토르트 닭곰탕을 레인지에 데우고 밥 한술을 뜬다. 뷔페식으로 접시 하나에 밑반찬을 조금씩 담는다. 순전히 설거지거리를 줄이고자 굴린 잔머리다. 닭고기는 조금이고 국물만 흥건하다. 참나! 밥을 말아 후루룩 먹는다. 속은 편하다. 택시로 온평 포구까지 간다. 3코스는 산길을 포함한 21km의 A 코스와 해변로 위주인 15km의 B 코스 두 가지가 있다. B 코스 당첨. A 코스에 있는 김영갑 갤러리는 두 번이나 다녀왔다. 실은 B 코스가 편해 보이고 짧아서다. 장거리를 걸을 때 나는 늘 짱구를 굴린다.

걷기 시작. 신산 환해장성을 따라가다 보니 리본이 나더러 커다란 현무암 돌무더기가 있는 해변으로 내려가라 한다. 에고, 큰일이다. 스틱을 까닥 잘못 집으면 돌 틈에 끼여 순식간에 중심을 잃고 만다. 돌 모양이 제각각인 데다 거칠어서 디디면 심하게 건덕거린다. 겁이 난다. 초긴장 모드. 후들거리는 다리에 힘을 주고 스틱을 움켜쥐고는 신경을 곤두세워 한발 한발 내디딘다. 순간 휘청거려서 발목이 삐끗한다. 헉, 조심 또 조심해야지. 겨우 아스팔트길로 올라왔다. 맥이 탁 풀린다.

아스팔트길이 너무 흥감하다. 비가 부슬부슬 내린다. 판초를 꺼내 입고 비척비척 걷는다. 수산물 회사 앞 공터에 조그만 쉼터가 있다. 야자수 옆에 뜬금없이 석불 입상이 있다. 동그란 얼굴에 미소 가득한 불상, 오른팔이 잘려도 들어 올린 왼손 모양을 보니 불상의 수인(手印)은 통인(通印)이다. 중생들의 두려움을 없애고 소원을 들어주려는 부처님의 의지를 상징한다. 혼자 겨울비를 맞으며 힘겹게 걷는 나를 위로해 주시려고 부처님이 나투신 건가? 부처님 손바닥 안에서 내가 걷고 있는 건가? 석불을 세운 누군가가 한없이 고마워진다. 외로움과 추위가 가시고 몸이 따뜻해 온다. 발걸음도 가볍다. 내가 미소 짓고 있다.

비가 듣는다. 판초를 벗는다. 바람이 시원하다. 해변가 기다란 돌담길이 검은 장식띠처럼 드넓은 목초지를 에워싸고 있다. 신풍 신천 바다목장이다. 말이나 소는 보이지 않고 목초지 저편 커다란 검은 사각형 그물망에 황금빛깔의 무언가가 가득 널려있다. 클림트 그림의 바탕색처럼 찬란한 황금빛이 벌판 가득 물결친다. 뭐지? 세상에나! 검은 그물망 위에 엄청난 양의 귤껍질이 널려있는 거다. 귤껍질을 말려 한약재로 쓰려나? 흰 장화에 흰 장갑을 끼고 검은 작업복을 입는 여섯 명의 일꾼이 칼각으로 그물망을 잡고 구령에 맞춰 귤피를 착 착 착 착 털어내고 있다. 경이로움을 넘어 아름답기까지 하다. 이 광경을 목격할 수 있어서 감사하다. 힘겨운 삶의 현장이 너무 아름다워서 온몸에 전율을 일으키는 모순이란 참!

표선 해변이 보인다. 넓둥근 반달 모양의 백사장이 끝도 가도 없이 이어진다. 놀랍다. 제주 해변 백사장 중 가장 넓은 곳이라 해도 이 정도인 줄 몰랐다. 갈대밭 저 멀리 한참을 걸어도 굽이져 끝없이 이어지는 모래 해변. "와아, 와아아." 소리밖에 안 나온다. 고운 모래에 발이 푹 빠져도 겅중거리며 놀란 가슴을 겨우 붙들고 걷는다. 3코스 끝점 해변공원에서 간세를 찾아도 보이지 않는다. 많이 지쳤나 보다. 남편이 톡으로 간세 위치를 알리는 사진을 보내줘도 도저히 못 찾겠다. 지치면 먼저 눈이 먼다. 판단력도, 공간 지각력도 죄다 떨어진다. 할 수 없다. 표선 해변공원 모래 조각상— 수구 든 소녀상과 상상의 동물과 소라상—을 보고 표선 해변 시그니처를 사진으로 남기면서 아쉽지만 스탬프를 대신한다.

표선 해안을 따라 맥없이 터벅터벅 걸음을 옮긴다. 해안가에 돌탑 모양의 불턱이 있다. 불턱은 해녀가 물질을 하고 나와 모닥불에 시린 몸을 녹이던 곳이다. 애기 젖을 물리기도 하고, 수다를 떨면서 노동의 고달픔을 잊던 곳. 모닥불을 피워 비집고 들어가 나도 그네들과 함께 어깨 맞대며 앉아서 모닥불을 쬐고 싶다. 온갖 잡념에 휘둘린다. 아 외롭다.

외로움도 잠시 추우니까 오줌이 마렵다. 급하다. 공중화장실이 없는 곳. 해변에서 윗길로 올라가기 전에 돌을 둥글게 쌓은 작은 쉼터가 있다. 주변을 살핀다. 지금까지 혼자 걸었으니 뒤따라오는 이는 분명 없을 테고 전방만 신경 쓰면 되겠다. 급히 볼일을 보고 일어서려는 순간, 오 마이 갓! 뒤쪽에서 남자

사람 뚜벅이 하나가 오고 있다. 눈이 마주친 찰나의 정적. 이럴 수가! 나보다 그쪽이 더 허걱 놀란다. 이런 외딴 겨울 해변가에 뭐야 저건? 너무 놀란 표정이다. 그는 빛의 속도로 고개를 돌리면서 허둥지둥 위로 휙 달가버린다. 헐! 그래, 아무 일도 없었어. 헛것을 본 거야. 제풀에 놀란 거지. 웅얼웅얼거리며 애써 나를 달래고는 다시 걷는다.

눈앞 간세 안내판에 'Love for planet' 캠페인 문구가 적혀있다. 플라스틱 쓰레기를 줄여 지구를 보호하자는 내용이다. 사실 걷다 보니 제주 해변 군데군데가 스티로폼이나 각종 플라스틱 쓰레기로 오염되고 있다. 어디서 흘러왔는지 알 수 없지만, 분명 우리가 버린 거다. 우리 아이들을 생각하고 바다 생물을 생각해서라도 쓰레기를 줄이고 함부로 버리지 말아야 하는데. 정신을 차리고 실천하지 않으면 지구별은 쓰레기더미에 파묻히는 재앙을 면치 못할 거다. 지금 세계 곳곳에서 벌어지는 이상기온으로 인한 각종 재난─ 대형 산불, 가뭄, 홍수, 폭설 등 ─이 그 증거다. 그럼 넌 뭘 실천하고 있는데? 딱히 내세울 만한 게 없어 입을 다물고 걸을 뿐이다.

위로 올라오니 길이 잘 닦여있다. 이 구간은 장애인이 휠체어로 갈 수가 있다. 전 구간은 아니지만, 그네가 아름다운 제주 올레길을 조금이라도 경험할 수 있게 한 건 정말 잘한 거다. 두 발로 길을 걷는 것이 얼마나 큰 축복인지! 내가 누리는 행운을 어떤 형태로든 갚고 살아야지. 다리에 힘을 주고 걷는다.

신께, 부모님께, 이 길에 감사하면서.

골목길로 들어선다. 작은 카페 담벼락에 '꽃보다 아름다운 건 그대와 함께 하는 순간입니다.'라고 적혀있다. 그 아래 빈 의자 두 개가 그려져 있고, 작은 화단에는 빨강, 노랑, 주황색 꽃들이 나 좀 보라고 고운 얼굴을 쏙 내밀고 있다. 가슴이 휑하다. 그가 보고 싶다. 혼자 걸어도 늘 함께 있다 여기거늘, 쩝.

멋진 해안 숲길 산책로가 나온다. 숲이 얼마나 우거진지 어웅하다. 먼저 굴 거리 나무숲길이 나온다. 이어 선대숲길이다. 선대가 사락사락 허공에 빗질을 하며 햇살을 쓸어내린다. 참 곱다. 동백숲길 초입에 빨간 우체통이 놓여있다. 소망을 적어 보내란다. 내 소망은 뭘까? 으음, 건강해서 두 발로 지구별 구석구석을 걸어 다니는 거지. 붉은 동백꽃 아래 털머위가 나무 밑동을 푸르게 장식하고 있다. 크리스마스트리 같다. 1월인데 숲 기운은 초봄이다. 이 길이 끝나지 않으면 좋겠다. 흙길에 숲길이어서 발도 마음도 다 평온하다.

아스팔트길가 흰 건물에 빨간 덱 베란다의 레스토랑이 눈에 띈다. 측면 흰 벽에 '왔니? 늘 행복한 제주가 늘 행복한 너를 기다려.'라고 적혀있다. 혼자 걷다 보면 우연히 마주치는 글귀가 친구보다 더 반갑고 느꺼울 때가 있다. 고마워. 그래 난 늘 행복하지, 지금도 그래. '늘 행복한 나'를 주문처럼 되뇌며 지친 발걸음을 옮긴다. 오늘 계획한 걷기 끝점인 알토산 고팡 가게가 보인다.

4코스 중간 지점이다. 제주어 고팡은 물건을 보관하는 고방을 뜻한다. 오늘도
한 구간 반, 거의 26㎞, 45,000보를 걸었다.

01.05.

4. 길이 아닌 길을 걸을 때

4코스 알토산 고팡·남원 포구, 5코스 남원 − 쇠소깍

새벽 4시경에 일어나 짐을 꾸려놓고 아침을 먹는다. 육개장에 계란 프라이까지 제법 근사하다. 오늘은 잘 먹어두어야 한다. 아침 일찍 캠프를 성산포에서 서귀포로 옮기고 난 다음 한 코스 반을 걸어야 하니까. 힘든 하루가 될거다. 5시 반경. 첫새벽. 캄캄하다. 콜택시로 서귀포로 이동한다. 카카오택시는 기사 전번과 얼굴까지 알려줘서 안심이 되긴 하나 시절이 수상한지라 좀 긴장된다. 기사가 듣도록 남편에게 일부러 큰 목소리로 전화를 한다. 여자 혼자 꼭두새벽에 캐리어 두 개에 배낭까지 메고 택시를 타는 건 여간 힘든 일이 아니다. 다행히 기사가 친절하게 짐을 숙소 코앞까지 옮겨준다. 휴! 땀이 삐질 난다. 서귀포 통나무 펜션. 올레길 나의 두 번째 캠프다.

캐리어 두 개를 얼른 문 앞에 부려놓고 타고 온 택시로 4코스 중간 지점 알토산 고팡으로 간다. 에고, 큰일 났다. 싸락눈이 미친 듯이 펑펑 쏟아져 내린다. 급히 판초를 꺼내 입는다. 아침 7시인데 천지 사방이 컴컴하고, 눈바람이 심하게 불어댄다. 싸락눈이라 안경에 떨어지자마자 빗물처럼 흘러내려 앞이 안 보인다. 나무나 전봇대에 걸린 리본은 눈비에 척 달라붙어버려 아예 보이지 않는다. 표지판도 안 보이고. 총체적 난국이다. 기막히는 상황이나 달리 방법이 없어 그냥 큰길 따라 한 발 한 발 올라간다. 손수건으로 안경을 닦아도 아무 소용이 없다. 손수건은 이내 젖어버린다. 급기야 싸라기눈발이 얼굴 전체를 세차게 때린다. 눈은 바로 녹아 물이 되어 흐른다. 무슨 이런 일이! 길은 미끄럽고 눈비 맞은 판초는 한 짐이다. 엉금엉금 기다시피 걷는다.

여긴 도대체 어디지? 젖은 장갑으로 폰을 꺼내 길 찾기 앱을 보기도 힘든 상황이다. 고개를 넘어 한참을 내려가도 리본이라고는 보이지 않는다. 아, 길을 놓쳤다. 마을주민에게 송천 가는 길을 물었다. 올레길이 뭔지도 모른다. 버스 길만 알려준다. 이럴 때는 큰길 따라 송천까지 갈 수밖에 없다. 길이 아닌 길을 걸을 때의 불안함, 초조함, 난감함이란! 날씨는 왜 안 받쳐주는 거야! 하늘을 원망했다가 나를 원망했다가 헤매며 걸었다. 2시간 반의 도로(徒勞). 전봇대에 매달린 노랑, 파랑 리본을 처음 발견한다. 눈물이 쑥 난다. 안도감에 다리 힘이 풀린다. 전봇대 아래 퍽 주저앉았다.

그때 언니한테 전화가 왔다. 상황을 말했더니, 날씨가 그리 궂은데 뭐 때문에 일찍 나섰느냐고 나무란다. 걱정되어 한 말이나 화가 났다. 상황은 이미 끝났고 지금 길을 찾았으면 애썼다 조심해서 걸으라 하면 되지 왜 나무라느냐며 버럭 소리를 지르면서 화를 내고는 전화를 끊으라 했다. 언니가 많이 당황했을 거다. 그때 나는 너무 힘들게 헤매다 와서 누군가의 따뜻한 위로가 절실했을 뿐이다. 타이밍이 안 좋아 언니가 성질 더러운 나한테 봉변을 당한 거다. 미안하다. 어쩔 수 없었다. 지치고 당황하면 이성이 없어진다. 그 순간은 누구라도 건드리면 발톱이나 이빨을 있는 대로 드러내며 으르렁거리는 한 마리 짐승으로 변해버린다.

남원 포구에 도착. 4코스 끝점이다. 올레 안내소에 들어가 몸을 녹이고 올레 패스포트를 구입해서 기분 좋게 스탬프를 찍는다. 지금까지는 구겨진 팸플릿 위에 누더기처럼 여기저기 찍어뒀었다. 빌린 가위로 스탬프를 죄다 오려서 패스포트에 정성껏 붙인다. 초등학교 미술시간마냥 들떠서. 배낭에 매달 연두 바탕에 초록 무늬 천의 간세 인형도 좀 비싸지만 기분 좋게 사서 배낭에 매달았다. 오전의 우울했던 기억이 싹 달아난다. 따뜻한 차 한 잔을 건네주며 수고했다고 격려해 주는 직원의 말 한마디와 미소가 소박한 소비의 동력이 되기도 한다. 이 간세가 길 걷는 내내 나를 지켜줄 수호신이 되어주길. 힘들 땐 마법의 힘으로 이 녀석을 크게 키워서 타고 가야지.

5코스가 시작된다. 포구를 따라 걷다 보니 남원 큰엉 입구가 보인다. 아름답게 조성된 올레길이라 평소 관광객이 많이 찾는 길이다. 코로나 탓인지 날씨 탓인지 오늘은 나 혼자라 한적하다. 5코스는 몇 년 전 걸었던 구간이라 낯설지가 않다. 금호리조트 넓은 잔디밭 옆 숲길을 지나 인디언바위가 있는 곳으로 간다. 뷰 포인트를 잘못 잡아서인지 인디언 얼굴 형상을 인식하지 못하겠다. 해안선을 따라 계속 걷는다.

수산물 공장 담벼락에 뭔가가 줄줄이 널려있다. 어! 처음엔 사람들이 담벼락에 거꾸로 매달린 줄 알고 놀랐다. 가까이 가서 보니 비닐 바지에 장화가 부착된 물질 작업복 여러 벌을 널어 말리고 있는 거다. 재밌는 장면이다. 일꾼들이 더는 일 못 하겠다고 강짜를 부리면서 담벼락에 나자빠져 있는 모양새다. 아, 나도 그 틈에 끼여 널브러지고 싶다. 시멘트길 위에 홀쭉하게 늘어진 희미한 내 그림자를 멍하니 바라본다. 안쓰럽다.

정신이 혼미해진다. 저기 동백나무숲길이 보인다. 위미 동백나무 군락지다. 붉게 핀 동백꽃과 푸른 하늘에 흰 뭉게구름을 보고 있으니 기분이 참 묘하다. 오늘 아침 눈, 바람, 비가 미친 듯 몰아쳤다는 사실이 믿어지겠나! 관광객이 좀 있다. 남들은 즐겁게 사진을 찍고 있는데 나는 지금 사진 찍을 힘이 일도 없다. 점심시간을 넘긴 것 같다. 뭐라도 먹고 쉬면서 기운을 차려야겠다. 모퉁이 식당에서 보말죽 한 그릇을 먹었다. 속이 뜨뜻해진다. 주인장이

전기난로를 내 곁으로 끌고 와 켜준다. 고맙다. 후식으로 마신 커피 한 잔도 힘을 되찾는 데 일조한다. 그제야 눈이 제대로 떠진다. 다시 신발 끈을 조이고 스틱 길이를 맞춘다.

조배미들코지가 나온다. 무슨 뜻인지 잘 몰라도 이름이 예쁘다. 다양한 모양의 기암괴석이 못을 둘러싸고 있다. 여기보다 저기 위미 해변의 갯바위와 옥빛물이 더 매력적이다. 인위는 자연을 결코 이길 수 없다. 둘러보고 샛길로 간다. 국도로 올라가기 전 너무 힘들어 풀밭 바위에 털썩 주저앉았다. 간식을 꾸역꾸역 먹었지만 맛을 도통 모르겠다.

예촌망 산책길에 어둑하고 나지막한 동굴 같은 숲길이 나온다. 몇 년 전 혼자 걷다 불쑥 나타난 떠돌이 개 때문에 놀라 눈물을 쏟아냈던 곳이다. 혼자 걸으면서 제일 무서운 순간이 예상치 못한 곳에서 들개를 만날 때다. 애완견을 기른 경험이 없는 데다가 겁이 많아 평소에도 개를 제대로 만지지 못한다. 그땐 정말 온몸에 소름이 확 돋고 완전히 얼음이 됐었다. 너무 무서웠다. 저도 갑자기 나타난 인간 때문에 많이 놀랐겠지만. 필요에 따라 키우고 마음대로 버리는 인간 때문에 공포와 경계의 대상이 되어버린 유기견 들개의 현실에 다시금 마음이 안 좋다.

골목 돌담 틈새에 다육이 백모단이 예제서 얼굴을 쏙 내밀고 있다. 돌담과 시멘트길 사이에는 붉은 꽃과 노란 꽃무리가 겨울바람에 온몸을 흔들며 나를 격하게 반긴다. 돌담 갤러리의 예쁜 정물화 한 점이 나를 황홀하게 한다. 그래, 얘들 보려고 내가 여기까지 걸어왔지! 나 닮았나? 징하게 예쁜 녀석들! 세로토닌이 충만 되니 발걸음이 가볍다.

저 멀리 쇠소깍이 보인다. 허덕지덕 내려간다. 쇠소깍길은 세 번쯤 걸었다. 겨우 간세를 찾아내 오늘 걷기 끝을 낸다. 참 많이도 걸었네, 31㎞, 53,000보를 걷다니. 택시를 타고 숙소로 간다. 가깝다. 근처 가게에 들러 간단히 먹거리를 준비한다. 일주일 동안 내 아지트가 될 서귀포 통나무 펜션으로 다리를 절며 들어간다. 새 숙소를 새벽에는 제대로 보지 못했다. 엄청 넓고 따뜻하고 편안하다. 마당가 세탁실에서 빨래를 돌리고 돌아와 씻고 저녁을 겨우 챙겨 먹는다. 빨래를 가져와 이층 계단 난간에 아무렇게나 척척 걸쳐둔다. 배낭 안 판초도 꺼내 방바닥에 널어놓고는 끙끙거리며 침대에 몸을 누인다. 바로 곯아떨어졌다.

01.06.

5. 한 치의 오차도 없는 몸의 시그널

아침에 일어나니 엄지손가락이 쑤신다. 어제 무리했다고 바로 경고장을 날리네. 한 치의 오차도 없는 몸의 시그널. 슈타이너의 『12감각』 중 나는 유독 통증을 느끼는 생명 감각이 남들보다 더 예민할 정도로 발달된 듯하다. 시인 노발리스는 고통은 인간으로 하여금 자신이 고귀한 존재임을 깨닫게 한다고 했다. 고통을 통해서 배우게 되고, 그에 따라 의식도 깨어난다면 손가락 통증을 감사하게 받아들여야겠지만 사실 그게 잘 안 된다. 오늘은 6코스만 천천히 걷고 와서 쉬어야겠다. 아침을 먹고 비타민 씨를 평소보다 더 많이 챙겨 먹었다. 생인손 앓이와 단순포진 증상 때 나름 효과를 보는 나만의 처방이다.

출발점이 숙소에서 가까워 마음이 편하다. 버스를 십 분가량 타니 어제 걷기를 마쳤던 쇠소깍 다리가 나온다. 겨울 아침 쇠소깍의 명징한 남청빛 물을 느긋하게 내려다본다. 쇠소깍 암벽을 장식하는 푸른 관목과 솔잎 때문에 겨울이라도 쇠소깍은 스산하지 않고 멋스럽다. 해 뜰 시간이 지났는데도, 날이 흐려 쇠소깍이 온통 어둑하다. 아침 해는 구름에 가려 보이지 않고, 먹구름을 뚫고 나온 햇살만 검은 수면에 은빛 물결의 와인 잔 속에서 일렁인다. 무릎이 아려 무릎보호대를 하고 걷는다. 장갑 속 성난 엄지손가락 때문에 스틱을 제대로 쥘 수가 없다. 몸을 이루는 작은 부위라도 탈이 나면 걸음 자체가 불편해진다. 소중히 여기고 잘 보살펴야겠다. 급 반성 모드로 오늘은 천천히 서두르지 않고 한 코스만 걸어야지 다짐을 한다.

섶섬이 코앞에 보이는 해안로 공터. 키 작은 야자수 곁에 돌하르방이 나를 맞이한다. 퉁방울눈에 시크한 미소를 띠고 커다란 손을 허리춤에 대고 떡하니 서있다. 반가워 가서 안겼다. 눈물이 찔끔 난다. 주책이다. 컨디션 탓이 아니라 반가움의 눈물일 거야. 눈발이 흩날리기 시작한다. 녹아내리지 않고 날리는 눈발이라 그나마 다행이다. 오늘 힘든 하루가 될 것 같다.

제지기 오름을 오른다. 동산 수준이나 발걸음은 굉장히 무겁다. 한 발 한 발 나무계단에 체중을 싣고 디딘다. 내려갈 때 갈비더미와 눈 쌓인 계단도 하나하나 헤아려가며 걷는다. 보목 포구를 걸을 즈음 눈발이 제법 굵어진다. 바람에 흩날리는 눈발이라 판초는 입지 않아도 될 것 같다. 길가 보랏빛 해국 무더기 위로 쏟아지는 하얀 눈송이가 떼춤을 춘다. 예쁘다. 사방이 회백색으로 앞이 잘 보이지 않는다. 다행히 눈이 길 위에 쌓이지는 않는다. 바닷바람에 쓸어간다. 오리무중 상태에서 하염없이 앞만 보고 걷는다.

저 멀리 문섬이 보이고 소천지가 나온다. 날씨가 갠다. 고맙다. 소천지 갯바위 가까이로 가지 않고 먼발치서 바라만 본다. 괜히 무리해서 갔다가 발목마저 삐면 큰일이다. 발이라도 성해야지. 지금 나는 무소의 뿔처럼 혼자서 간다. 갯바위는 백두산 기암괴석처럼 생겼고, 움푹 팬 소에는 초록 물이 고여있다. 겨울바람이 소천지 수면을 은빛 비늘로 가득 채운다. 청백의 바닷물과 묘한 대조를 이룬다. 황홀경이다.

검은여. 쉼터는 문이 닫혀있다. 하릴없이 검은여를 물끄러미 바라보며 스틱에 기대어 쉰다. 모두 다 검은 현무암인데 뭐 때문에 여길 검은여라 하지? 다른 해안석보다 더 깜나? 소라의 성이 나온다. 문이 닫혀있다. 소라 모양 건축물일 뿐이구먼. 에돌아 지나간다. 정방동이 보인다. 정방폭포 곁을 지나고 이중섭 미술관을 지나 이중섭 거리로 간다. 사실 5, 6코스는 개인적으로 수차례 와서 걷기도 하고 여러 번 둘러보기도 했던 곳이다.

서귀포 시장 입구까지 왔다. 드디어 목적지가 보인다. 6코스 끝점인 제주 올레 여행자 센터가 나온다. 반갑다. 간세 색깔인 파란 창틀에 회백색 건물로 되어있다. 뚜벅이들이 간세 앞에서 스탬프를 찍고 있다. 나도 오늘 하루치 걷기 마침표를 찍는다. 아랑조을거리 갈치 전문식당에서 뜨뜻한 갈치국을 먹으면서 지친 나를 위로한다. 언 몸을 잠시 풀고는 버스를 두 번 갈아타고 숙소로 와서 일찌감치 씻고 누었다. 아침에는 컨디션이 꽝이었는데 그래도 잘 걸어냈다. 수고했다. 오늘은 통증을 겨우겨우 달래가며 한 코스 15.7㎞, 27,000보를 걸었다.

01.07.

6. 눈바람에 사시나무 떨듯 떨고 섰으면서도

7-1코스 월드컵경기장 - 제주올레 여행자센터

밤새 폭설이 내렸나 보다. 창밖이 온통 새하얗다. 베란다에 나서니 온몸이 쩡하다. 뒤뜰 야자수는 눈을 옴팡지게 덮어쓰고도 꼿꼿하게 서있다. 오늘은 콜택시 운행을 아예 않는단다. 어쩌지? 망설임도 잠시. 택시가 안 오면 버스 타고 가면 되지 뭐. 아침을 딴딴히 챙겨 먹고 뜨거운 믹스커피 한 잔을 마시면서 마음을 다진다. 발걸음을 떼기만 하면 걷기는 시작된다. 상황이 나쁠 때는 늘 최악의 순간까지 상상해 본다. 까짓것 죽기밖에 더 하겠나! 그 뒤는 잘 모르겠고. 누군가에게 대놓고 이런 속내를 말한 적은 없다. 참 대책 없는 여자다, 철딱서니 없는 소리 하네, 저밖에 모르는 이기적인 인간이라 하겠지. 잦은 병고를 겪다 보니 죽음은 저 멀리 있는 게 아니라 아주 가까운 곳에 있음을 깨닫게 되었다. 죽음을 염두에 두면서 산다. 삶과 죽음에 관심을 가지고 찬찬히 지켜보면서 동무 삼아 데불고 지금 이 순간을 온전히 살아간다면 그게 실존이지 아닐까!

이날부터 제주 버스 애용자가 되었다. 아이젠과 스패츠와 넥워머에 무릎보호대까지 배낭에 챙겨 넣었다. 제일 두꺼운 패딩 재킷과 바지, 군밤모자로 중무장을 하고는 비장하게 길을 나선다. 버스를 환승해서 서귀포 버스터미널에 내린다. 7-1코스 시작을 알리는 간세를 찾아 스탬프를 찍는다. 하얀 광장 눈밭 위의 간세가 유달리 새파래 보인다. 추웠나 보다. 눈길에 첫 발자국을 꾹 찍으 며 걷는다. 검푸른 굴거리 나뭇잎에 소복이 쌓인 눈과 까만 돌하르방의 머리 와 어깨 그리고 퉁방울눈과 팔뚝에 쌓인 눈. 흑백의 조화만으로도 눈이 부시게 아름답네. 도열한 돌하르방이 호위무사처럼 나를 지켜본다. 부산에서는 좀처럼 눈구경 못 하던 뚜벅이. 올레 눈길 위에서 발탄강아지마냥 신났다. 눈길 위에 눈에 확 띄는 주황색 화살표시만 주목하면서 오르막길을 계속 오른다.

엉또폭포를 오르는 나무계단. 눈 이 쌓여 발이 푹푹 빠진다. 난간을 잡고 겨우 전망대로 오른다. 메마른 절벽 위 하얀 너울 쓴 검푸른 나무 와 눈꽃송이 피운 나뭇가지와 광풍 에도 금귤을 품은 귤나무가 어우러 진 엉또폭포 설경. 미친 눈바람에 사 시나무 떨듯 떨고 섰으면서도 황홀한 비경에 가슴이 벅차오른다. 오늘 내 가 미쳐서 여기에 이르러 미친 풍광 을 보는구나. 매혹적이다 못해 경이 롭다. 눈에 젖은 판초의 무게로 어깨

는 점점 쪼그라들고 입술은 시퍼렇다. 억지로 미소를 짓는다. 광풍에 판초가 찢어질 듯 칠락팔락거린다. 시야가 가린다. 난간을 붙잡고 부들부들 떨며 한 발 한 발 조심해서 내려온다. 발이 눈더미에 빠져 무겁기 짝이 없다.

고근산 초입 눈보라가 더 세게 휘몰아친다. 스패츠와 아이젠을 꺼내 착용한다. 폭포 올라갈 때는 정신이 없어 미처 꺼내지 못했다. 무릎보호대도 하고 눈길 산행 준비를 꼼꼼히 한다. 작은 나뭇가지에 묶인 리본이 미친 듯이 펄럭인다. 산길은 온통 하얀 눈밭이고 갈대는 흩날리는 눈발에 머리채를 마구 쥐어뜯으며 울부짖는다. 오직 리본만 응시하며 한 발 한 발씩 뗀다. 고근산 정상까지 어떻게 올라갔는지 모르겠다. 눈보라를 맞으며 정신없이 걷고 또 걸었을 뿐이다.

사방이 탁 트인 정상. 눈바람이 방향도 없이 상하좌우로 휘몰아쳐댄다. 눈싸대기를 맞은 얼굴이 따끔거린다. 눈송이가 들러붙은 안경알은 안경의 기능을 완전히 상실했다. 벗어버릴 수밖에 없다. 눈 뜨고도 앞 못 보는 당달봉사 신세. 눈보라로 천지 사방이 희뿌옇다. 동서남북 분간이 안 된다. 리본이고 뭐고 아무것도 안 보인다. 환장하겠다. 이판사판이다. 아, 어쩌지!

그때 짜장 눈보라 속에 산악인 하나가 쓱 나타났다. 나 살리려고 산신령이 강림하셨나! 기적이다. 눈보라 몰아치는 고근산 정상에서 헤매고 있는 작은 여자 사람을 보더니 그가 흠칫 놀란다. 험악한 날씨인지라 그가 중간 스탬프만 찍고는 바로 하산하려고 한다. 그 사람 뒤를 바짝 따라붙어서 내려가야만 한다. 그가 긴 다리로 겅중겅중 뛰다시피 내려가버려 내 시야에서 완전히 사라졌다. 죽기 살기로 걷는다 한들 무슨 수로 그 남자를 따라 내려가겠나. 판초에 배낭에 안경까지 벗어버려 앞도 제대로 안 보이는 내가. 두렵고 외롭고 슬펐다. 싸가지 없는 자식 같으니!

죽으란 법은 없나 보다. 그가 눈길 위에 엄청나게 크고 짙은 발자국을 선물로 남겨놓고 갔다. 이 발자국이 유일한 길잡이다. 발자국만 쳐다보고 그 안에 내 젖은 등산화를 하나씩 찍어 넣으면서 거북이걸음으로 엉금엉금 내려간다. 스틱을 움켜쥐고 얼마나 용을 썼던지 어깨가 다 결렸다. 마침내 경사가 완만한 밭길이 보이기 시작한다. 휴, 살았다.

마른 가지에 덮인 눈은 하얀 솜사탕 같다. 돌담 위는 하얗고 아래는 새까맣다. 돌담 위 수평면은 눈에 동화됐지만, 수직면은 여전히 눈에 저항하고 있다. 나도 눈길 위에서 수직으로 버텨야만 한다. 배추밭이 온통 하얗다. 고랑 따라 늘어선 시퍼런 배추는 흰 용수를 쓰고 말없이 형장에 서서 시린 죽음을 맞고 있다. 살풍경조차 눈물 나게 아름답다니 마음이 편치 않다. 그래도 아름다운 건 아름다운 거다.

마을 귤밭 하우스 지붕 위도 고샅길도 돌담도 다 눈 천지다. 크리스마스 카드 그림 그대로다. 눈길을 하염없이 걷다 보니 하논 분화구가 나온다. '하논'은 '큰 논'을 뜻하는 우리 옛말이라 정겹다. 분화구에서 솟는 용천수 덕에 제주에서 드물게 벼농사가 가능한 지역이란다. 하논 분화구 농로를 걷는데 아이젠을 장착한 등산화 바닥에 진흙 섞인 커다란 눈덩이가 척 들러붙어 다리가 한 짐이다. 한 발 들어 올릴 때마다 눈덩이를 털어내느라 무릎이 빠질 지경이다. 발목에 무거운 각반을 찬 것 같다. 걸음은 나무늘보처럼 느리다. 힘들다.

하논 분화구 입구 편의점에서 먹은 뜨거운 커피 한 잔과 쿠키 하나에 지치고 얼었던 몸이 녹아내린다. 갑자기 오줌이 마렵다. 화장실이 없다. 주변을 살핀 다음 판초를 펼치고 앉아서 하얀 눈밭에 수채화 작품 하나를 남긴다. 흰 도화지 위에 커피와 비타민 씨로 된 물감으로 노란 꽃잎 단 꽃 한 송이를 그려냈다. 오후의 햇살에 눈발이 가늘어져 공원길은 눈 반 물 반이다. 물에 젖은 산책길 나무들, 섹시하다. 함박 눈송이 흩날리는 희뿌연 계곡과 눈 덮인 바윗돌과 수목은 열두 폭 병풍이다. 황홀하고 흥감하다.

종점 제주올레 여행자 센터에서 스탬프를 찍고 고단했던 눈길 걷기를 끝낸다. 남편이 톡으로 서귀포 맛집을 알려준다. 중앙로터리 근처 몰고랑 식당에서 뜨끈한 몸국 정식으로 고생한 몸에게 보상을 한다. 조그만 식당인데 몸국과 반찬이 꿀맛이다. 폭설과 광풍의 산길을 17㎞ 넘게 걸었으니 뭔들 안 맛 있겠나! 추위와 피로가 한꺼번에 풀려 일어서려니 어질어질하다. 너무 심하 게 풀렸나 보다. 내일 아침거리로 흑도새기국 하나를 포장해서 들고 비실거 리며 중앙로터리서 버스를 타고 숙소로 간다. 눈물과 땀에 젖은 옷을 아무렇 게나 널어놓고 이른 휴식 시간을 갖는다. 이불 속이 따뜻하다. 천국이다.

01.08.

7. 시작부터 끝까지 온통 하얀

서귀포 숙소에서 제주도 남쪽 10코스까지 커버할 수 있을 듯해서 이박 더 연장한다. 여기가 따뜻하고 편안해서다. 어제 포장해 온 흑도새기국으로 아침을 든든하게 챙겨 먹는다. 버스로 중앙로터리 근처에 내려 칠십리 시공원 입구로 들어선다. 하얀 눈길이 점점 좁아져 가고 거뭇한 숲 사이에서 뿌연 하늘이 깔때기 모양을 한 지점에서 아침 해가 찬란한 황금 화살을 쏘아대며 장엄하게 솟는다. 눈부시다. 이 순간 여기서 나 혼자 이리도 경이로운 아침 해를 맞이하네. 참 잘했다. 하루를 일찍 시작하길. 투명한, 고운 해가 눈에 가슴에 온몸에 스며든다. 오늘 하루는 춥지 않을 것 같다.

눈밭이 된 공원, 이생진 시비 앞에 스틱을 내려놓고 발걸음을 멈춘다. 시인의 「그리운 바다」에 빠져든다. "성산포에서는 설교를 바다가 하고 / 목사는 바다를 듣는다 / 기도보다 더 잔잔한 바다 / 꽃보다 더 섬세한 바다 / 성산포에서는 / 사람보다 바다가 더 잘 산다", 그의 바다를 오늘 혼자 실컷 본다. 시비를 지나는 발걸음 앞에 기도 같은 바다가, 꽃 같은 바다가 자꾸 어른거린다. 서귀포 아랑조을시장 입구에서 헤맸다. 입구가 여러 개인 데다 한 번 방향치는 영원한 방향치인지라 길 찾기 앱도 도움이 안 된다. 근처를 계속 맴

돌았다. 제주올레 여행자 센터를 바로 코앞에 두고서 말이다.

정방폭포 쪽으로 간다. 부지런한 이가 눈길에 찍어둔 발자국을 벗 삼아서. 길 끝에 눈 덮인 정방폭포의 비경이 파노라마처럼 펼쳐진다. 환상적인 설경. 폭포를 둘러싼 숲은 은회색 정장을 입은 신랑이고 쏟아져 내리는 하얀 폭포 물줄기는 순백의 드레스를 입은 신부다. 은빛 가루가 흩뿌려진 허공은 야외식장이며, 나는 초대받지 않은 손님이다. 환희심만 놀란 가슴에 가득 담고 간다. 난 참 복도 많다. 발길은 앞을 향하지만, 고개는 자꾸 뒤로 돌아간다.

길가 집의 눈 가득한 마당에 눈사람 둘이 서있다. 엄마와 아기 눈사람. 눈덩이를 조잡하게 뭉친 걸 보니 어린아이가 시린 손 호호 불어가며 만든 거다. 구멍을 후벼 파서 만든 눈과 입만 있고 코는 아직 만들지 않았다. 나뭇가지를 한쪽에만 꽂아 외팔이가 된 엄마 눈사람과 아기 눈사람. 엄마가 욜로 가자고 하니 아기가 "욜로 가자고?" 하면서 엄마 뒤를 따라간다. 정겨운 모자 눈사람. 어린 작가의 작품 덕에 활짝 웃었다. 삼매봉 눈 쌓인 나무계단은 썰어놓은 크림 케이크 조각 같다. 난간을 붙잡고 발자국 포크를 천천히 찍어서 한 입씩 베어 먹으면서 천천히 걸어 내려간다.

눈 덮인 외돌개다. 눈바람으로 온통 희뿌연 바다. 저 멀리 수평선에 문섬의 실루엣이 어슴푸레하다. 물결 위에 외로이 솟아있는 돌기둥, 외돌개. 사계

절 중 한겨울 설경 속의 외돌개는 가히 압권이다. 뭍에서 몰아치는 눈바람이 만든 은빛 투구와 갑옷을 걸친 외돌개 장군이 바다를 지그시 응시하고 있다. 바다는 아침 해가 만든 은빛 아우라로 외돌개를 경이롭게 만든다. 곁에 있는 크고 작은 갯바위도 외돌개 장군에게 무릎을 꿇는다. 나도 따라 납작 엎드린다. 장엄한 자연의 아름다움에 압도된다. 경외심으로 가득 차 절로 겸손해지는 길이다.

좁다란 돌담 골목길이 길게 이어진다. 시작부터 끝까지 온통 하얀 눈길이다. 강아지 발자국조차도 없이 깨끗하다. 온이 내 차지가 된 눈길. 누군가 내 발자국을 쫓아 길을 찾을 수 있도록 힘주어 발자국을 찍으며 걷는다. 실은 외로움을 떨쳐내려는 몸부림이다. 추위보다 더 힘든 외로움. 눈길에 길게 드리워진 내 그림자가 애처롭다.

범섬이 파도에 뭍으로 조금씩 밀려오는 듯하다. 해변 돌길에 수봉로라 소개된 간세 표지판이 있다. 이 길은 올레길을 사랑하던 김수봉 님이 염소가 지나다니는 걸 보고 삽과 곡괭이로 손수 만든 자연생태길이다. 이런 길은 함부로 걸으면 안 될 것 같다. 길을 만든 분의 노고를 기억하며 아껴서 걸어야지. 언젠가 나도 내 이름을 딴 길 하나쯤 만들 수 있으려나? 그래, 지금 나만의 인생길을 만들고 있잖아. 궁시렁궁시렁대며 수봉로를 걸어간다.

법환 포구 강정마을까지 왔다. 편의점에서 컵라면과 핫초코를 먹으면서 잠시 쉴 때 남편한테서 폭설로 비행기가 결항됐다는 소식을 들었다. 사실 오늘은 막내가 엄마랑 올레길 걸으러 오기로 약속한 날이다. 이럴 수가, 헐! 다리에 힘이 풀려버린다. 갑자기 아이가 보고 싶어지면서 눈물이 픽 난다. 그리움이 실망감으로 바뀌면서 강정마을 비닐하우스 동에서 길을 잃고 헤맸다. 미친년처럼 눈길을 눈물 콧물 빼면서 휘청대며 걷다 보니 계속 근처를 맴돌게 된다.

송이슈퍼는 끝내 찾지 못했다. 차도를 따라 그냥 월평마을을 향해 걷는다. 몸은 물에 젖은 솜 마냥 무겁고 혼은 반쯤 빠져나간 상태다. 눈이 녹아 길이 질척거린다. 내 몸과 마음 같다. 버스로 한 여섯 코스나 되는 거리를 허황하게 걸었다, 속울음을 삼키면서. 저 멀리 목적지 월평 아왜낭목이 보인다. 슬픔을 아왜나무 아래 묻어두고 버스를 타고 숙소로 돌아왔다. 눈이 빗물처럼 녹아내리며 버스 창을 때린다. 슬픔은 끝까지 질척대며 따라온다, 후유.

밤에 씻고 일찍 드러누웠다. 누가 방문을 두드린다. 올 이도 없는데, 누구? 긴장하며 문에 착 붙어 누구세요? 오마나, 남편이 문 앞에 와있는 게 아닌가! 이기 무슨 일이고? 날 놀래주려고 전화도 않고 나타난 거다. 손에는 먹거리— 방어회와 술 —를 잔뜩 사 들고서. 한밤 남편의 깜짝 방문에 계속 어안이 벙벙하다. 우째 이런 일이! 아들과의 약속이 취소되어 실망하고 있을 나를 생각하며 계속 비행기 상황을 주시하고 있었단다. 오후 늦게 비행기 뜬다는 정보를 듣자마자 바로 표를 예약해서 아들 대신 날아온 거다. 아들은 결항 취소로 딴 약속을 잡은 상태였다. 너무 반갑고 기뻐 얼싸안았다. 남편의 밤중 깜짝 방문이 온몸을 세로토닌, 도파민, 엔도르핀으로 꽉 채워 기 빠진 나를 벌떡 일으켜 세운다. 매실주로 건배를 하고 싱싱한 방어회를 먹으면서 둘만의 지상 최고 파티를 열었다. 역시 남편이 최고지. 방 안은 웃음꽃이 피고 셀카에 찍힌 나와 그대 얼굴은 온통 빛을 발한다. 시작은 참 힘들었으나 끝은 무지 행복한 하루였다. 남편 곁에서 모처럼 편안하고 달게 잠들었다.

01.09.

8. 찰나의 비경을 그대와 함께

서방님과 함께하는 거룩한 아침 밥상. 햇반에 계란 프라이, 된장국, 오이지, 멸치, 김치 등등 죄다 꺼내 대접한다. 가장 귀한 손님이니까. 월평 아왜낭목 쉼터에 내린다. 오늘도 여전히 눈길이다. 짝지가 있으니 발걸음이 엄청 가볍다. 배낭도 메어주고, 사진도 찍어주고, 무엇보다 쫄지 않아도 되니 참 좋다. 검은 돌담 너머, 검푸른 숲 너머, 눈 쌓인 해변 너머 수평선과 먹빛 구름 사이로 둘만의 고운 해가 황금빛 주단길을 아찔하게 걸어온다. 김창완의 「내 마음에 주단을 깔고」가 아니라 실제로 눈앞에 눈이 부시게 깔린 주단이다. 황홀한 아침이 열리고 있다. 눈길 한쪽은 키 큰 야자수, 다른 한쪽은 키 작은 관목 덤불로 이어진 길. 비대칭이라도 날것 그대로의 숲길은 예쁘기만 하다.

편안함이 긴장감을 날려버린 탓에 내리막길에 그만 쫄딱 미끄러졌다. 딥한 눈길 위에 두꺼운 패딩을 입어서 다행히 다친 데는 없다. 그 순간 안심워치에 빨간불이 들어온 걸 몰랐다. 좀 더 내려가니 약천사가 나온다. 그때 긴급호출전화가 왔다. 넘어질 때 비상 버튼이 눌러져서 보안경찰한테서 긴급 확인전화가 온 거다. 헉! 죄송하다고 넘어질 때 실수로 버튼이 눌린 것 같다고 해명했다. 놀라긴 했지만 기분은 나쁘지 않았다. 안심워치가 제대로 기능해서 누군가의 즉각적인 보호를 받을 수 있음을 확인했으니까.

　동양 최대 규모를 자랑하는 거대한 절, 약천사가 보인다. 쪽문으로 들어간다. 눈 쌓인 아침 절 마당을 스님 한 분이 쓸고 계신다. 입으로 시린 손을 불어가며 눈을 치우신다. 갈 길이 아무리 바빠도 부처님께 예는 올리고 가야지. 등산화 끈을 풀고 대적광전 비로자나불전에 성심으로 삼배를 올린다. 비로자나불은 보통 사람의 육안으로 보이지 않는 광명의 부처다. 중생의 기도가 간절하면 언제 어디서든 다양한 모습으로 화하여 자비를 베푸신다. 오늘도 나는 잘 걸을 것이며, 앞으로도 맑고 향기롭게 살아가겠다고 기도한다. 큰 절에 우리 둘과 스님뿐이다. 이른 겨울 아침이기도 하고 코로나로 사람들이 다들 집콕 중인가 보다. 스님께서 합장하시며 "눈길 조심하시고 성불하십시오." 한다. 감사하다. 허리 숙여 절을 하고는 약천사를 떠난다. 왠지 든든하고 기분이 좋다.

　새까맣고 자잘한 주상절리와 갯바위가 옹기종기 모여서 밤새 쌓인 눈을 곱다시 머리에 이고 있다. 겨울 아침 버튼개 해안은 명징하면서도 찬란하다. 새까만 돌 위에 솜사탕 같은 눈. 부드러운 백이 거친 흑의 경계를 부드럽게 메운다. 겨울 바다 수묵화 한 점에서 우러나오는 깊은 울림. 찰나의 비경을 그대와 함께 바라볼 수 있어서 행복하다.

　대포동 주상절리는 해안에 쌓아놓은 견고한 목책 같다. 육각형과 사각형의 들쑥날쑥한 돌기둥 모양의 주상절리는 용암이 급격히 식으면서 수축한 결과물이다. 눈발도 주상절리의 새까맣고 견고한 목책을 함부로 어쩌지 못한다. 칼바람에 맞서고 있는 해송 우듬지는 흩날리는 눈을 몽땅 쓸어버렸는지 서슬이 시퍼렇고 꿋꿋하다. 짱돌 해변만 온통 하얀 눈밭으로 변해있을 뿐이다. 환상적인 풍경 앞에 감탄사만 질정 없이 내지르다 간다.

　버스 길로 나와 야자수 따라 중문 입구까지 하염없이 걷는다. 눈길은 에너지가 배로 들 뿐 아니라 착시현상마저 생겨 좀체 줄어들지 않는다. 그럼에도 불구하고 오늘은 덜 힘들다, 그가 내 곁에 있으니까. 제주 중문 해물뚝배기

맛집 덤장에서 점심을 먹고 숨을 고르기로 한다. 직원이 주차장 눈을 치우고 있다. 오픈 시간이 멀었나 걱정했는데 주인이 친절하게 우릴 맞이한다. 뜨끈한 해물뚝배기. 구수한 된장 국물과 싱싱한 각종 해산물, 그 맛이 일품이다. 피로가 확 풀린다. 새삼 놀랍다. 낯선 곳에서 좋아하는 이와 먹는 맛있는 한 끼가 이리도 큰 행복감을 준다는 사실이. 세상 부러울 게 없다. 인간은 참으로 단순한 존재이며, 인생 역시 그냥 눈앞에 놓인 길을 따라 놀며 쉬며 걸어가면 되는 거구나.

베릿내 오름길이다. 베릿은 벼랑이라 뜻으로 베릿내는 천제연 벼랑의 물줄기가 바다로 이어지는 곳이라 붙여진 이름이다. 원체 호기심이 많은 데다 국어교사로 오래 재직하다 보니 우리말이나 지역 방언에 관심이 절로 간다. 모르는 것을 알게 되었을 때의 희열이 제법 크다. 걸으면 놀잇거리가 많아진다. 이러니 걷기를 좋아할 수밖에 없다.

중문 색달 해수욕장 해변을 걸으니 사십이 년 전, 대학교 새내기로 여름방학 때 서클 선배 따라 제주도에 왔던 기억이 불현듯 떠오른다. 한여름 한라산 정상을 제대로 된 등산 장비 하나 없이 기다시피 오르다가 모자로 가려지지 않은, 뺨 아랫부분 피부 껍질이 홀라당 벗겨졌던 기억. 너무 더워 중문 해변으로 내려오자마자 옷을 입은 채 바닷물에 뛰어들었던 기억, 앞서 바닷물에 뛰어들었다가 센 파도를 정면에서 맞고는 보랏빛 죽음으로 뜨거운 백사장에 누워있던 한 남자의 사체와 침묵 속에 그를 지켜보던 사람들에 대한 기억이 파노라마처럼 좌르륵 지나간다. 중문 해변은 그날 이후 코앞에서 타인의 죽음을 목격한 충격으로 기억 속에서 의식적으로 지워버렸었다. 그런데 지금 벼락 치듯이, 이승과 저승의 경계가 따로 없으니 늘 죽음을 기억하라고 일침을 팍 놓는다.

예래 생태공원을 조성해 놓아 길은 편하고 예쁜데 엄청 긴 게 문제다. 둘이 아니었더라면 지쳐 정신 줄을 놨을 거다. 처음엔 웃으며 대화를 주고받다가 나중에는 각자 헛소리를 해대면서 헤매며 걸었다. 드디어 해변이 나오고 논짓물 표시판이 보인다. 바닷가 가까이 있는 논에서 나는 물이라는 뜻인데 지금은 물놀이 장소로 쓰인다 한다. 또 눈을 쏟아내려는지 하늘은 먹구름으로 가득하고 바다는 따라서 어둑해지고 해변은 쌓인 눈으로 희멀겋다.

눈길 위에 얼마나 더 많은 발자국을 남겨야 길이 끝날까 푸념하면서 터덜터덜 걷는데 저 멀리 눈안개 속에 긴 성채 같은 것이 보인다. 뭍에서 바다로 길게 누운, 검은 직사각형, 저게 뭐지? 가까이서 보니 대평 포구 해안 주상절리다. 하얀 해안가 끄트머리 검은 실루엣의 해송들 아래, 주상절리 석성이 견고하게 서있다. 참으로 장대하다. 뿌연 눈안개 속에 칠천 년 전에 만들어진 견고한 대평 포구 성채가 우리 둘을 성주와 성주부인으로 만들어준다. 이 비경을 선물한 내 다리와 발한테 감사한다. 오늘 하루도 눈길을 22㎞ 이상 걸었다. 숙소로 돌아와 이른 저녁을 먹고 남편은 부산으로 돌아갔다. 몸만 가는 거라 선선히 보내고 내일을 준비하고는 깊은 잠에 빠져든다.

01.10.

9. 변수도 문제인 데다 상수조차

9코스 대평 ─ 화순, 10코스 화순 ─ 하모체육공원

9코스가 좀 짧아 오늘은 10코스까지 두 구간을 걷기로 한다. 대평 포구에서 월라봉으로 고도를 조금씩 높이면서 다리를 예열한다. 월라봉 입구에 일제 동굴진지가 있다. 비극적인 현장인데 치렁거리는 풀뿌리와 푸른 이끼에 싸인 동굴이 예뻐 보여서 좀 심란하다. 나지막한 동네 뒷산 정도의 월라봉이지만 눈길이라 신경을 바짝 쓰면서 걷는다. 산등성이에 서니 해변 끄트머리 검보라빛 산방산이 아스라하다. 저길 지나가야 하는데, 어느 세월에…. 아름다운 풍광 앞에 오늘 걸을 길을 먼저 걱정하다니. 나답지 않다. 내가 변했나? 아니, 이건 순전히 눈 탓이야. 그럼, 눈길이 힘들어서지. 잡생각이 밀려들 때는 얼른 걸음을 떼는 것이 옳다.

하산길 따라 길게 한라봉 과수원이 펼쳐진다. 금빛 한라봉과 초록 이파리, 갈색 억새와 하얀 눈길이 적막 속에 수수한 빛의 향연을 벌인다. 과하지 않아서, 넘치지 않아서 아름답다. 응달진 비탈길은 눈이 녹아서 엉망진창이다. 한 걸음마다 진흙덩이가 한 무더기씩 딸려 올라온다, 헉. 스틱을 진 땅에 꽉 찍어 박고 신경을 있는 대로 곤두세워 걷는다. 등에 식은땀이 난다. 가까스로 평지에 내려오니 다리가 후들거린다.

　창고천 다리 곁에 홀로 눈 맞고 서있는 간세를 보니 지금 내 모습을 닮아 가슴이 아린다. 중간 스탬프를 찍고 배낭과 장갑을 벗어 간세 등에 던져둔 채 엉거주춤 기대어 섰다. 간세도 의지가 된다. 싸라기눈발 속에서 간식을 삼키며 눈길을 멍하니 바라본다. 어, 다리 이름이 개끄리민교네! 패스포트엔 창고천 다리라 했는데 이름이 왜 저래? 픽 웃는다. 그래, 웃자. 웃으면서 가자.

　'트레킹은 자신의 안전을 스스로 책임지는 자유여행입니다. 미리 코스 정보와 주의할 점을 꼼꼼히 챙겨본 후 출발하세요. 혼자 걷는 여성 올레꾼은 출발 전 제주 콜센터로 연락 주세요.' 안전 안내문이 길가에 적혀있다. 갑자기 진지해진다. 너, 잘하고 있지? 지금 나는 겨울 눈길을 혼자 걷고 있는 환갑 지난 여자 사람 올레꾼이다. '혼자 걷는 여성 올레꾼'은 상수이고, '겨울 눈길'은 날씨 변수이며, '환갑 지난'은 나이 변수다. 나름 안전에 만전을 기하지만 길 위에선 갖가지 변수로 예측불허일 때가 참 많다. 변수도 문제인 데다 상수조차 근원적인 문제이니 지금 나는 문제밭 그 자체다, 해결책은 하나뿐. 걍, 닥치고 걸어가는 수밖에 없다.

9코스 끝 지점 화순 금모래 해수욕장이 보인다. 원래 금모래인데 지금은 눈 때문에 화순 백설 해수욕장로 화해 있다. 고운 해변이다. 근데 웬걸! 거대한 콘크리트 화순 화력발전소가 신의 걸작품인 대평 포구 주장절리 앞에서 뜬금없이 서있다. 어처구니없는 풍경이다. 개발도 정도껏 해야지. 저 비경 앞에 굳이 화력발전소를 세워야 했나! 어이가 없다. 우리만 살다 갈 곳은 아니지 않나!

10코스 시작. 오늘 걷기가 처음인 것처럼 마음을 다잡이 한다. 산방 연대 표시판 저 멀리 산방산이 위엄스레 서있다. 화살표가 가리키는 데로 내려간다. 올레 화살표시가 더 이상 보이지 않고 제주 지질트레일 리본만 해변에 펄럭이고 있다. 용암이 꿈틀대며 흘러내리는 찰나를 고스란히 간직한 기묘한 형상의 크고 작은 현무암 갯바위가 모여 비경을 이룬다. 거북 머리 모양도 있고 희한하게 속이 펑 뚫린 갯바위도 있다. 훅 빠져든다.

사람이 보이자 사진을 부탁한다. 혼자 활짝 웃었다. 이때만 해도 좋았다.

근데 불길한 이 기시감은 뭐지? 지질 등산로 리본을 따라 위로 올라가니, 아까 걸었던 데가 다시 나온다. 돌아서 원위치한 거다. 걸음을 줄여도 시원찮을 판에. 이기 무슨 일이고, 어이! 다시 정신 차리고 걸어도 또 도로 거기다. 돌아버리겠다! 아니 완전히 돌아버렸다, 세 번씩이나 같은 길을. 올레 길 표시를 지질 트레일 리본으로 대체해 버렸나 보다. 미친 거 아냐! 있는 대로 궁시렁대며 겨우겨우 미로를 벗어났다.

산방 연대로 올라가는 길, 기진맥진해서 더디기 짝이 없다. 저 아래 하멜의 표류를 기념하는 큰 배가 보인다. 사계 포구인 갑다. 용머리 해안이 발아래다. 아, 어서 내려가고 싶다. 하지만 맥이 풀린 상태라 마음이 몸을 앞서나가면 낭패를 본다. 캄 다운, 캄 다운, 미야! 계단 난간을 붙잡고 후들거리는 다리를 달래며 조심조심 내려간다. 식은땀과 함께 허기가 훅 몰려온다. 점심때다. 뭐라도 먹어야 살 것 같다.

산방산 나들목 식당에서 은갈치 돌솥정식을 시켰다. 걷다가 식당에 들러 밥을 먹는 일은 몸에 에너지를 보충하는 데에다, 짧지만 임팩트 있는 휴식으로 지친 마음도 달래준다. 일타로 뚜벅이의 심신을 채워주는 중요한 의식이다. 싱싱하고 고소한 은갈치 구이를 뜨끈한 돌솥밥에 얹어 맛있게 먹고 나니 굳었던 허리가 펴진다. 차크라가 채워졌나 보다. 풀린 눈과 다리에 생기가 돈다. 밥 한 끼의 위력은 참으로 대단하다. 나는 애당초 독립투사가 되기엔 걸러 먹은 인간이다. 밥 한 끼 굶기면 이성도, 신념도 한순간 싹 사라지니까. 참을 수 없이 가벼운 존재지, 하하.

진회색 길둥근 해변에 송악산이 검은 비늘의 아나콘다마냥 대가리를 내민 채 납작 엎드려 있다. 여기서 드라마 『대장금』의 데모 영상을 촬영했구나. 장금이 뒤의 신비로운 배경이던 송악산. 그땐 해안가에 어스름히 보이던 일곱 개 검은 동굴이 자연동굴인 줄 알고 비경이라며 감탄했었다. 그런데 저 동굴이 일제강점기 때 일본군이 전시 대비용 진지로 파놓은 거라니! 소름이 확 돋는다, 일본의 만행에. 위험한 벼랑 암벽 저 끝에 누굴 동원해서 동굴진지를 만들었겠나? 하나도 아니고 일곱 개씩이나. 일본군 총칼 앞에 강제 동원된 제주도민의 생목숨 값으로 만들었겠지. 그네들의 원혼이 검붉은 파도가 되어 해안 동굴을 때리며 통곡한다. 발걸음이 너무 무겁다.

송악산은 나지막하고 펑퍼짐하다. 초입 시멘트길은 넓고 경사도 완만해 걷기가 좋다. 사람이 제법 많다. 걸어온 올레길 중 사람을 제일 많이 만난 곳이다. 산모롱이는 죄다 나무계단길인데 눈이 반쯤 녹다 다시 얼어서 엄청 미끄럽다. 스틱을 바닥에 꽉 찍고 엉금엉금 거북걸음으로 걷는다. 잠시 한눈팔았다간 저 아래 절벽으로 굴러떨어져 저승으로 갈 판이다. 긴장한 탓인지 흐린 날씨 탓인지 아랫배가 갑자기 싸해 온다. 화장실이 있는 길이 아니다. 평생 내 장은 날궂이를 한다. 비 오기 직전 흐리고 기압이 낮으면 어김없이 배가 살살 아프면서 무른 변을 본다. 어이구, 짐승도 아니고!

애기 때 내 별명이 물똥쟁이였다 한다. 사흘들이 설사를 해댔단다. 엄마
는 내가 돌도 되기 전에 죽을 것 같아서 백일사진도, 돌 사진도 아예 찍어두
지 않았다고 말씀하시곤 했다. 처음에는 백일이나 돌잔치를 안 해준 게 미안
해서 거짓말한 거라 여겼다. 근데 흐린 날에는 어김없이 배가 슬슬 아픈 걸
보니 당신 말씀이 맞다. 인정! 살아계시면 AS해 달라고 떼를 쓸 텐데. 에고!
그나저나 급하다. 어쩔 수 없이 사람들 시선을 피해 계단 난간 줄을 넘어 숲
속으로 달려갔다. 급히 판초를 걸치고 풀섶에 앉아 쉬는 척하며 길똥을 눴다.
아무 일도 없었던 듯 모르쇠를 놓고는 다시 우드덱길로 돌아온다. 화장실 갈
때와 나올 때 마음은 이렇게 다르다. 아깐 생지옥이었고, 지금은 천국이다.
흐흐.

눈발이 또 흩날리기 시작한다. 사람들은 대부분 송악산 산굼부리까지 걷고
되돌아간다. 섯알오름 쪽으로 나만 혼자 간다. 섯알오름 초입에서 중간 스탬
프를 찍는다. 거기에 다크 투어리즘을 안내하는 표시판이 있다. 다크 투어리
즘은 전쟁, 학살 등 엄청난 재난과 재해가 일어난 곳을 돌아보며 교훈을 얻기
위해 떠나는 여행을 이른다. 혼자 다크 투어리즘을 하게 된 셈이다. 마른 벌
판에 흐린 하늘까지, 을씨년스러운 분위기가 한몫해 온몸이 한기로 오싹하다.
섯알오름 산등성이에 엄청 큰 일제 고사포 진지가 있다. 알뜨르 비행장을 보

호하기 위한 군사시설로 태평양 전쟁 말기 저항기지로 삼고자 만들었다 한다.

아래로 내려가니 육이오 전쟁 직후 보도연맹 사건에 휘말린 수백 명의 양민을 우리 군이 한 명씩 총살해서 묻어버린 학살현장이 나온다. 주체할 수 없이 눈물이 쏟아진다. 너무 끔찍하다, 전쟁이, 사상이, 인간이. 이 아름다운 섬에 어쩌자고 이런 기막힌 비극이 연이어 벌어졌나! 볼 이도, 들을 이도 없어 엉엉 소리 내어 울었다. 귓가에 윙윙거리는 바람은 그들의 비명이고, 내리는 눈발은 그들의 피눈물이다. 지금 나는 한탄스러운 근현대사의 소용돌이 속에 스러져간 그들의 목숨값으로 살고 있지 않나!

저 멀리 탁 트인 벌판이 보인다. 섯알오름 알뜨르 비행장 활주로로 쓰이던 곳이 황량한 벌판으로 변해있다. 일제강점기 때 여기에 지하벙커에다 비행기 격납고까지 만들어 놨다. 소름 끼친다. 휑한 벌판 가운데 관제탑이 콘크리트 골격으로 흉물스럽게 남아있다. 알뜨르 비행장 입구 광장에 파랑새를 손에 얹은 거대한 소녀상이 있다. 비극적인 역사 속에서도 희망을 가져야 한다는 건가? 시퍼런 양배추밭은 킬링필드 같고, 양배추는 구덩이에 총살당한 채 파묻힌 양민의 머리 같아 온몸이 아려온다. 양배추밭 사이로 난 진흙탕 밭고랑길을 눈:물인지 눈물인지를 흘려가며 휘청휘청 걸었다. 날씨도 등산화도 내 안도 다 엉망진창이다.

하염없이 걷다 보니 하모 해수욕장이 나온다. 하모하모, 그래그래. 슬퍼도 시간은 흘러가고 우리는 각자의 길을 무심히 걸어가겠지. 지쳐 넋이 나가 헛소리를 해대면서, 너무 예뻐서 슬픈 하모 해수욕장 어스름 해변길을 걷고 또 걷는다. 동네 텃밭 꼬불꼬불한 돌담길을 허우적거리며 따라 걷다 보니 드디어 10코스 마지막 지점인 하모체육공원이 나온다. 오늘 하루는 눈길 위에서 나를 하얗게 불태우고는 눈물 꽤 흘리면서 걸은 날이다. 두 코스 눈길 30km를 혼자 걸었다. 눈길을 나 혼자서 최고로 많이 걸어낸 날이다. 숙소에 들어가니 컴컴하다. 보통은 해 있을 때 돌아오는데, 오늘은 많이 무리를 했다. 씻고 누우니 너무 고단해 몸을 뒤척일 힘조차 없다. 같은 자세로 잠들면 안 되는 줄 알지만 꿈틀대기조차 힘이 들어 그 자세 그대로 신음 소리만 내다가 잠이 들었다.

01.11.

10. 갯바위는 갯바위대로 파도는 파도대로

10-1코스 가파도

오늘은 쉬어가는 코스라 다행이다. 가파도만 2시간 정도 걸으면 된다. 박자와 음정이 조화를 이루어져야 아름다운 노래가 되듯, 걷기도 몸과 자연이 궁합을 잘 맞추어야 즐거운 걷기가 된다. 문제는 가파도까지 가는 데 시간과 공이 꽤 든다는 거다. 버스 환승을 해야 하고 여객터미널까지 걸어가서 배를 기다려야 한다. 내겐 기다리는 시간이 걷는 시간보다 더 힘들다. 아마도 기다림은 사랑 중에서도 가장 높은 차원의 사랑이 아닐까!

신경을 바짝 쓰고 있다가 하모 3리 정류장이라 후다닥 내린다. 기온이 4도라는데 눈발은 왜 흩날리지? 운진항까지는 1.5㎞. 판초를 입고 눈비에 맞서서 걷자니 시작부터 발걸음이 무겁다. 눈비에 젖은 인도가 저승사자의 시커먼 도포 자락처럼 펄럭이고 있다. 해무가 짙게 깔린 아침 바다, 해변의 몽돌은 비바람과 파도를 흠씬 맞고는 와아악 와아악 비명을 내지르며 뒹굴고 있다. 뺨이 면도날에 베인 듯 아린다.

운진항 대기실에서 제법 오래 기다린다. 운항 횟수가 드문드문하니 어쩔수 없다. 오늘의 화두, 기다림이다. 10시에 승선권을 받아 드디어 가파도 가는 배에 오른다. 25분가량 소요된다. 해발고도가 20.5m밖에 되지 않아 가오리처럼 납작한 섬. 바람과 파도를 온몸으로 기꺼이 맞으면서 지금까지 버텨온 섬이다. 상동 포구에 내리니 싸라기눈이 나를 휘감아 안으며 격하게 반긴다. 우박까지 섞여있어 뺨따귀가 얼얼하다.

화살표를 따라 돌담길을 걸으니 바람과 정면이다. 고개를 팍 숙이지 않으면 머리통이 날아갈 판. 눈 깔고 머리 박으며 알아서 길 수밖에 없다. 돌담의 돌은 제주 본섬의 돌보다 크지만 덜 거칠다. 거친 파도와 바람에 단련이 되어 저만의 맷집이 생긴 걸까? 갈아엎은 밭에는 아기 손톱만 한 청보리 싹이 여기저기서 고개 들고 나를 빤히 바라본다. 예쁜 것들! 지금은 눈 내리는 1월이지만, 5월에는 봄바람에 막춤을 마구 추어댈 청보리 떼가 눈에 선하다.

해안길이 나온다. 저 멀리 수평선 위에 채도를 달리한 청회색 산방산과 모슬포가 아련하다. 맞바람에 판초가 칠락팔락 거친 숨소리를 낸다. 허걱, 몸이 뒤로 밀린다. 머리를 있는 대로 숙이고 걷는다. 갯바위는 끄떡도 하지 않고 버티고 서서 거센 파도를 하얀 생크림 포말로 바꿔놓는다. 누가 힘이 더 센지 겨루는 것이 아니다. 그냥 제 몸을 고스란히 내맡기고 산다. 갯바위는 갯바위대로 파도는 파도대로. 단지 나만 용을 쓰며 겨울 해풍에 맞서 고개를 처박고 휘청휘청 걷고 있을 뿐이다.

검은 돌담에 푸른 선인장이 군락을 이루고 있다. 거칠고 단순한 것끼리도 얼마든지 조화로울 수 있네. 해변로 끝에 '큰왕돌'이 생뚱맞게 솟아있다. 푸른 바다와 흰 파도를 배경으로 한 큰왕돌은 인디아나 존스에 나오는 마법의 돌 같기도 하고, 거대한 해골바가지 같기도 하다. 기묘하다. 섬 끝에 바람개비 같은 풍력발전기 두 기가 서있고, 건초로 뒤덮인 비탈과 해안 경계석 사잇길 은 부드러운 곡선으로 섬과 바다의 경계를 짓는다. 거친 풍광 속에 깔린 고요와 평온함이 생경스럽다.

고냉이돌을 지나 밭 가운데 덩그렇게 놓인 고인돌을 본다. 폭풍우 치는 외딴 섬에선 저승집을 커다란 바위로 눌러놓아야 안심이 되는 걸까? 눈비가 뚝 그치니 바다도 잠잠해진다. 웬일이니! 얼른 판초를 벗는다. 텅 빈 밭에는 까치가 씨앗을 쪼아 먹느라 종종걸음을 치고 있다. 밭고랑길이 해변까지 길게 이어진다. 잔잔한 바다 끝에 길게 드러누운 모슬포 위로 희미한 산방산 머리가 푸른 해처럼 걸려있다. 사람이 한 시간에 4.5㎞를 걷는다고 가정할 때 시야가 미치는 거리는 전후방 합쳐 9㎞가 된다고 한다. 지금 나는 혼자 9㎞나 되는 최대 광폭스크린으로 가파도 비경을 감상하고 있는 거다. 온갖 썰을 풀어가며 흘러 흘러간다.

해안가 큰 경계석 위에 잔돌이 탑처럼 쌓여있다. '사람들이 오가며 소원을 참 많이도 빌었네. 뭐 저런 걸 다!' 하면서 나도 돌 하나를 주워 슬쩍 올린다. 조금씩 더 맑고 향기로워지기를 빌어본다. 제를 지내는 '짓단집' 터를 지나간다. 먹구름 사이로 뻗어 내린 빛줄기가 바다 위에 사선으로 꽂혀있다. 신비롭다. 혹시 내 머리 위로 비치는 건 아니겠지, 흐흐. 돈물깍이 있다. 바다 끝에서 샘물이 솟는 곳이라는 뜻. 귀한 담수가 솟는 곳이니 섬사람에게는 생명같이 귀한 곳이겠다.

가파도 대표 음식 해물짬뽕을 먹는 행복한 시간이다. 섬에서 나는 톳과 미역, 양배추와 소라와 고동을 우려내 만든 짬뽕이니 국물이 끝내준다. 가파도 찐맛이다. 배부르게 먹고 걸으니 추위가 온데간데없다. 예쁜 돌담집이 있다. 소라, 전복, 고동 껍데기와 알록달록한 둥근 부표와 작은 다육이로 장식된 세상에 하나뿐인 돌담. 아래 노란 들꽃까지 피어 돌담을 눈부시게 장식하고 있다. 자연에서 얻은 재료를 백 퍼센트 활용한 돌담집. 너무 예쁘다. 이게 바로 삶터에 널려 있는 재료를 백 프로 활용하여 최고의 작품을 만드는, 가파도 토박이만의 현란한 브리콜라주가 아니겠나!

가파도는 거리가 짧아 중간 스탬프가 없고 바로 종점 가파 치안센터에서 스탬프를 찍으면 된다. 대합실에서 따뜻한 아메리카노 한 잔을 마시며 느긋하게 배를 기다린다. 가파도에서 어제의 피로를 다 풀고 내일 쓸 에너지를 실컷 받고 간다.

01.12.

11. 카빈총 든 군인과 눈이 딱

11코스 모슬포 – 무릉

　새벽에 일어나 짐을 잽싸게 싼다. 올레길에서 노마드가 세 번째 캠프로 이사하는 날이다. 6시에 콜택시를 타니 한림 근처 월령리까지 1시간 정도가 소요된다. 택시비가 48,000원씩이나 나오는 거리. 어쩔 수 없다. 월령리 '푸르다 오션 펜션'에 도착하니 7시 20분경. 펜션 입구에 짐을 부려놓고 관리실 직원에게 사진을 찍어 전송하고는 문자로 짐 보관을 부탁했다. 서둘러 버스 정류장까지 걸어가서 202번을 타고 하모 2리에 내려 8시부터 걷기를 시작한다.

　하모체육공원에서 출발해서 마을 돌담길을 따라 모슬포산 쪽을 향해 걸어간다. 어제 가파도에서 본 노란 꽃– 한참 뒤 얘가 금잔화임을 알게 됨 –이 돌담 아래 올망졸망 피어있다. 이름을 몰라 답답하다. 눈에 꽃과 이파리 모양을 소중하게 담는다. 꼭 알아내서 네 이름을 불러줄게. 김춘수의 「꽃」에서처럼 누구의 혹은 무엇의 이름을 기억하고 불러주는 순간, 대상은 비로소 존재하게 되며 그를 인식하는 자아도 비로소 존재하게 되는 것이다. 명명 행위가 존재를 인식하는 귀한 행위이니 이름을 많이많이 불러줘야지. 마을 밭에는 비트 수확 후 베어낸 시퍼런 이파리만 버려진 채 수북이 쌓여있다. 쟤들은 시래기로 말리면 안 되나, 그냥 썩혀서 거름으로 쓰려는 건가?

모슬포산 초입이다. 멀리서도 산 정상에 우뚝 서있는 미사일 기지가 보인다. 군사작전지역이라 큰 트럭도 쉽게 올라갈 수 있게 아스팔트길로 잘 닦아놨다. 경사가 점점 급해진다. 땀이 삐질삐질 난다. 갈림길이다. 하나는 위로 향하는 급경사 아스팔트길이고 다른 하나는 옆으로 난 좁은 산길이다. 리본을 보지 못한 데에다 산 정상에 중간 스탬프가 있다는 정보에 별다른 망설임 없이 아스팔트길을 택했다. 헉헉거리며 올라간다. 아스팔트가 얼굴에 닿을 것 같다.

산 정상에 철조망과 군사시설이 보여 두리번거리며 간세를 찾았다. 그때 철조망 입구에서 카빈총을 든 군인 둘과 눈이 딱 마주쳤다. 그들이 빨간 등산복에 군밤 모자를 쓴 민간인 아줌마를 보고는 순간 엄청 황당해한다. 나도 흠칫 놀랐다. "저기요, 어머니, 여기서 이러시면 안 됩니다." 앗, 길이 아닌 감! 다가가 올레 패스포트를 보여주며 산 정상이 어딘지 버벅거리며 물었다. 무데뽀 민간인 아줌마의 행동에 저들도 어쩔 줄 몰라 한다. "저어, 잘 모릅니다. 아무튼 여기는 길이 아니니 저 아래로 내려가서 뒤쪽으로 돌아가셔야 할 것 같습니다." 했다. 죄송하다고 몇 번이나 고개를 숙이고는 바로 뒤돌아 꽁지 빠진 새처럼 후닥닥 달아났다. 이기 무슨 난리고! 하마터면 모슬포 산정상에서 총 맞을 뻔한 거 아닌가, 휴. 그 와중에 보초병의 앳된 얼굴이 딱 떠올랐다. 총명한 눈망울에 솜털이 나있는, 내 아들보다 한참 어린 청년들이다. 고생한다, 대한민국의 아들들아.

갈림길로 내려오니 인제 안내표시판이 제대로 눈에 띈다. 아까는 왜 안 보였지? 이미 마음이 다른 쪽을 목적지로 정해놓고 화살을 날렸기 때문이다. 일체유심조다. 숲 쪽으로 들어간다. 숲이 깊어 어두운 동굴 속 같다. 좀 있다 트인 벌판이 나온다. 머리 푼 억새가 눈부신 햇살 아래 춤을 춘다. 야생 숲길을 에돌아 한참 올라가니 산 정상에 중간 간세가 떡하니 서있다. 어찌나 반갑던지. 스탬프를 찍고 햇볕을 쬐며 잠시 달콤한 휴식을 취한다.

지나왔던 송악산과 산방산, 크고 작은 오름 실루엣이 원근에 따라 명암을 달리하며 펼쳐져 있다. 하산길 양쪽이 다 공동묘지다. 한쪽은 봉분이 있는 묘지고, 다른 한쪽은 비석만 있는 묘지다. 잡초와 억새가 웃자라서 을씨년스럽고 황량하다. 죽음으로써 삶이 완성된다면 망자들은 각자 어떤 삶을 완성하고 떠난 걸까? 훗날 나는 지구별에서 어떤 의미 있는 삶을 살다가 미련 없이 다른 별로 떠날 수 있을까? 사막 낡은 우물 옆에서 스러져 간 어린 왕자가 생각나고, 성급하게 B612 별로 떠나버린 친구 금희도 생각난다. 혼자 걷기는 절대 고독을 선물하고, 절대 고독은 나에게 깊이 메멘토 모리, 죽음을 기억하게 한다.

넓은 밭에는 거의 대부분 양배추와 비트가 심겨져 있다. 끝없이 이어진 밭고랑 길 위에서 힘들고 지루하고 외로워서 셀카를 찍는다. 실은 휴식이 목적이다. 잠시 서서 천천히 돌면서 손발 다 잘린 셀카를 아무렇게 찍어대면서 선 채로 쉬면서 노는 거다. 검은 마스크와 선글라스에 배낭을 멘, 지친 내 모습 뒤로 모슬포산 정상 미사일 기지가 아스라하다. 쾌청하다. 걷기 딱 좋은 날씨다.

정난주 마리아 성지 입구까지 왔다. 평평한 광장과 대조적인 키 큰 야자수가 푸른 하늘을 찌를 듯 도열해 있다. 정난주 마리아는 정약용 선생의 큰형 정약현의 딸로 태어났다. 남편 황사영의 백서 사건으로 제주에 관노로 정배되는 시련을 겪는다. 남편과 일가친척은 박해로 처참히 목숨을 잃고 자신은 관노로 전락한다. 고난 속에서도 천주교인으로서의 신앙심을 지키며 한평생을 살았다. 강보에 싸인 어린 아들을 살리기 위해 추자도 뱃사공에게 몰래 맡기고는 평생 만나지 못하고 살아야 했던 기구한 운명의 여인. 자신의 한을 신앙으로 승화시킨 천주교 신앙의 산증인이다. 햇살 아래 어린 아들을 안고 있는 정난주 마리아 동상이 애잔하다. 천주교 신자인 언니와 형부는 정난주 마리아 성지를 참배했겠지.

점심으로 고기국수를 먹었다. 겨자 넣은 면발이라 빛깔이 노랗고 돼지 뼈 우린 뽀얀 국물에 고기도 듬뿍 들어있어 맛있다. 많이 걸으면 맛없는 게 별로 없다. 죄다 맛있다.

신평 무릉 곶자왈 입구다. 일반인에게 개방한 지 얼마 안 된 곶자왈이라 날것 그대로다. 아무도 없다. 숲길에 깊은 고요만 깔려있다. 숲으로 걸어 들어간다. 현무암 거친 돌이 예제 박혀있고 나무뿌리가 군데군데 삐져나와 자칫하면 자빠져 낭패 보기 십상인 길. 긴장해서 걷는다. 숲이 짙어 좀 무섭다. 길을 잃었다간 곶자왈에 묻혀서 흔적도 없이 사라질 것 같다. 응달에는 눈이 쌓여있다. 수풀을 헤집고 나온 햇살이 그나마 길을 밝힌다. 흰 눈 사이로 길게 놓인 진흙길이 올레 리본이 되어 나를 이끈다. 온갖 수종과 이끼와 풀이 비밀의 숲에서 자신의 존재를 말없이 뽐내고 있다. 원시의 비경을 독대하는 건 대단한 영광이다. 겸손하게 보고 들으며 조용히 걸어야겠다.

한 시간 정도 걸었나? '산에서는 혼자보다 여럿이 함께 행동하시기 바랍니다.' 안전표지판 내용이 나를 더 긴장시킨다. 나도 그러고 싶다. 근데 상황이 안 되면 혼자라도 걸어야지 별수 있나. 이때 모퉁이에서 완전 무장한 청년 하나가 불쑥 나타났다. 사람이 나타날 거라고 예상치 않은 상황이라 둘 다 화들짝 놀랐다. 반사적으로 "반갑습니다." 하고 깍듯이 인사를 했다. 저도 따라 꾸벅 인사를 하고는 휙 지나갔다. 후유, 놀란 가슴을 쓸어내린다. 아무 일도 없었다. 제풀에 놀란 거다. 공포는 아직 일어나지도 않은 일에 대한 두려운 감정으로 나 스스로 만든 거다. 에잇, 괜히 쫄았네!

신평 무릉 곶자왈을 빠져나오니 커다란 느티나무 고목이 앙상한 가지만으로도 화려한 자태를 뽐내며 서있다. 잎도, 꽃도, 열매도 없이 벗은 가는 몸매 하나만으로도 충분히 아름답다. 발바닥이 아프다. 마른 수련으로 가득한 못 가운데 하얀 두꺼비 조각이 있다. 나도 앉아서 쉬고 싶다. 마땅히 쉴 곳이 없어서 그냥 흐느적거리며 걸어간다.

종점 무릉외갓집이 저기 보인다. 왜 무릉외갓집이지? 아, 카페 이름이네. 제주산 과실로 만든 주스와 과자를 파는 예쁜 가게다. 무엇보다 반갑고 기쁜 건 오늘 걷기 종착지란 거다. 무릉외갓집 앞 푸른 간세는 너무 낡아서 버짐 낀 병든 조랑말 같다. 스탬프를 찍고 안에 들어가 따뜻한 감귤차를 마시며 피로를 푼다. 버스 정류장까지 걸어가는 길은 실제 거리는 얼마 되지 않지만, 심리적으로는 거의 죽을 만치 힘든 거리였다. 무릉외갓집에 도착하던 순간 나의 에너지는 이미 바닥이 났다.

겨우 다리를 끌며 걸어가 정류장 벤치에 털썩 주저앉았다. 옆에 앉은 깡마른 뚜벅이 남자도 반쯤 넋이 나간 채 버스를 기다리고 있다. 그가 간식을 건네며 반갑게 말을 건다. 자기는 제주에서 한 달 살기를 하고 있고 몸이 부실해 하루에 한 코스도 겨우 걷는단다. 어떤 때는 하루 종일 몸져눕기도 한다 했다. 저질 몸을 가졌다며 셀프 디스를 하고는 나보고 대단하다며 폭풍 칭찬을 한다. 잠깐의 만남이지만 길 위에서 만나는 뚜벅이는 다 반갑다. 동류의식에서 오는 끈끈함 때문인가?

정류장 앞 어느 도예가의 집 담 위에 다정하게 바라보는 남녀 토기 인형이 놓여있다. 갑자기 그대가 보고 싶다. 한참 만에 나타난 버스를 얼른 타고 멍때리며 가다 보니 마침내 월령리다. 파도 소리와 월령리 선인장 군락이 고생한 나를 격하게 반겨준다. 오늘은 23㎞, 39,000보 정도 걸었다. 펜션은 복층 오션 뷰로 전망이 끝내준다. 김치계란볶음밥과 시락국으로 조촐한 저녁을 붉게 물든 어스름 바다와 함께하며 하루를 마감한다. 이층 넓은 침대 까슬까슬한 이불에 네 활개를 있는 대로 치며 잠든다. 꿀잠은 나의 중요한 건강 비결 중 하나다. 삼시 세끼와 꿀잠과 쾌변이 내 걷기의 원동력이다. 이런 나의 습에 감사한다.

01.13.

12. 니들이 바다에서 떼춤 추는 돌고래를 알아!

12코스 무릉 – 용수

계란찜과 카레밥으로 아침을 연다. 오늘은 12코스를 역방향으로 걸어야겠다. 숙소에서 멀지 않은 지점부터 출발하는 게 심리적으로 좀 편하지 않을까? 조삼모사이긴 하다. 202번 버스를 보자마자 들입다 뛰어 버스를 탔다. 환승해서 용수마을회관에 내려 용수 포구 쪽으로 천천히 향한다. 잠이 덜 깬 아침 바다는 부스스하다. 휘돌아가는 해안 아스팔트길 끝 수평선에 차귀도가 등과 꼬리를 보이며 엎드려 있다.

마른 풀 더미 사이에 돌판이 징검다리처럼 놓여있다. 겅중거리며 돌판을 하나씩 딛고 간다. 순간 동무들과 사방치기 비석 치기, 잡기 놀이를 하다가 해 질 녘 엄마한테 붙잡혀 갈 때까지 죽어라 신나게 놀던 별난 가시나가 된다. 허름한 구멍가게에서 간식으로 반건조 오징어와 계란과 양갱을 사고 돈을 건넨다. 동네 구멍가게에서 카드로 결제하는 건 좀 아니다 싶어 길을 나설 때는 항상 지폐를 조금 챙겨 간다. 다리가 불편한 아주머니는 간만에 손님이 와서 기분이 좋은지 믹스커피를 타 주며 말을 건넨다. 제 몸 돌보지 않고 죽어라 일만 하다가 인제는 다리 병신이 되어 어디 놀러 가지도 못 간다며 푸념을 하고는 내가 부럽다 한다. 다리를 건강하게 유지하는 것이 노년기 삶의 질을 좌우함을 다시 한 번 더 깨닫는다. 오징어를 질겅질겅 씹어가며 걷는다.

당산봉 아래 타원형으로 형성된 해안가 벼랑, 생이기정을 완상한다. 제주어로 '생이'는 새, '기정'은 절벽을 뜻한다니 '생이기정'은 새들 천국인 해안절벽을 이른다. 가마우지와 재갈매기 천지다. 저쪽 검은 암벽 끄트머리에 뜬금없이 회백색 부채꼴 모양의 암석이 덩그렇게 얹혀있어 기묘한 아름다움을 자아낸다. 당산봉 검은 등성이 너머로 아침 해가 우련히 고운 얼굴을 내민다. 아침 해가 뜨는 순간을 목도할 땐 언제나 경외감으로 전율을 느낀다. 태양을 중심으로 공전하는 지구에 사는 생명체의 숙명인가? 눈앞의 차귀도는 영화 이어도 촬영지로 알려진 곳이다. 죽도 와도 지실이섬 외에도 몇 개의 작은 섬으로 이루어져 있다 한다.

수월봉 아래 해변가에 깎아지른 절벽길이 펼쳐진다. 엉알길이다. 엉알이 뭐지, 엉? 엉알은 낭떠러지라는 뜻의 제주어란다. 절벽에 채도를 달리하는 화산쇄설암이 애플파이 모양 겹겹이 쌓여 온갖 기이한 형상을 지니고 있다. 화산석의 환장 파티 현장. 팥이나 콩 밤 등 갖은 재료를 버무려 만든 모두배기떡 같다. 푸른 풀과 잡목과 어우러진 검회색 물결무늬 화산암의 화려한 버라이어티쇼. 엉알의 비경이 발목을 잡는다. 정신이 아뜩하다. 비경을 제대로 묘사할 수 없는 내가 모지리 같다. 이럴 땐 입 닥치고 그냥 바라만 봐야 한다. 신의 작품에 경외감을 갖는 것 외에는 내가 할 수 있는 게 없다. 공짜로 비경을 독차지하다니! 바로 이 맛에 오늘도 나는 걷는다.

신도 포구 가는 마을 돌담길은 그 자체가 갤러리다. 버려진 부표를 활용해 다양한 표정과 색깔의 개구리 형상을 만들어 돌담 위에 전시해 놨다. 솜씨를 꽤 부렸다. 부표를 칼로 오려서 입 모양을 내고 노랑, 파랑, 핑크빛 색칠을 해 만든 개구리들. 덕분에 나도 개구리 왕눈이가 되어 함께 개굴거리며 즐겁게 길을 걷는다. 커다란 개구리 입속에는 다육이가 고개를 내밀고 노란 금잔화도 팔을 벌려 나를 반긴다. 친구가 참 많다, 길 위에선.

밭 사이로 폭이 꽤 넓은 아스팔트길이 끝도 없이 뻗어있다. 무릎, 다리, 발바닥이 고문을 당하는 길이다. 몸도 마음도 시퍼런 양배추와 양파처럼 멍들어가는 지루하고도 힘겨운 길. 햇볕 아래 내 그림자, 점점 쪼그라든다. 스틱에 온 힘을 얹어서 걷다 보니 팔은 아리고, 발바닥은 불탄다. 보폭이 급격히 줄어들어 걷는지 기는지 알 수가 없다. 정신이 혼미하다. 아, 저어기 바다가 보인다. 다행이다. 신도 포구인가 보다.

신도리 해변에 크고 작은 현무암 돌을 쌓아 만든 천연 가두리가 여기저기 널려있다. 신기하다. 실용적인 가치에 자연미까지 더해진, 참으로 멋진 화석암 가두리다. 주민들은 도구리알이라 부른단다. 운이 좋으면 파도에 쓸려 온 잡어나 문어를 건져 올릴 수도 있다 한다. 눈에 들어온 아름다운 바다 풍경이 죄다 내 것인 양 부자가 된 기분이다. 세상 부러울 게 없다. 지금 이 순간은.

신도 앞바다에서 난생 처음으로 파도를 타며 춤추는 돌고래 떼를 목격한다. 숨죽이고 기다리다 돌고래 떼가 나타나자 사람들이 일제히 환호했다. 나도 외마디 비명을 지르며 황홀한 순간을 경험한다. 신도 포구는 돌고래 떼를 볼 수 있는 곳으로 유명하단다. 걸을 때는 한 사람도 없었는데 여기 오니 사람들이 엄청 모여든 이유를 알겠다. 난 어쩌다 운 좋게 얻어걸린 거다. 아무래도 나는 복이 많은 사람인가 보다. 돌아가면 자랑해야지, 니들이 바다에서 떼춤 추는 돌고래를 알아! 하하. 내 등에는 돌고래처럼 지느러미가 달리고 피부는 촉촉하고 미끄러운 검은 빛깔로 변한다. 찬란한 순간을 셀카에 제대로 담아내진 못했으나 놀란 눈과 뛰는 가슴에는 오래도록 남아있을 것 같다.

골목길에서 헤맨다. 한참을 맴돌다가 겨우 산경도예를 찾아내서 중간 스탬프를 찍었다. 폐교가 된 초등학교 전체가 도예 전시실과 작업실로 되어있다. 담 없는 운동장 잔디밭이 다 전시 공간이다. 동물조각상이 다른 도예작품과 어울리며 햇살 아래서 한가롭다. 녹남봉 등성이 길은 지쳐서 더는 못 가겠다는 다리를 억지로 달래가며 한없이 느리게 걸었던 길이다. 저수지 갈대밭길도 정신이 나간 상태로 걸었다. 나도 저 갈대처럼 땅에 뿌리를 박고 쉬고 싶다. 그래도 항상 끝은 있다.

정류장 근처 식당에서 늦은 점심으로 육개장을 먹었다. 뜨끈하고 얼큰한 육개장을 먹으면서 스스로 칭찬한다. 잘 걸었다, 너. 더할 나위 없었어. 도가니탕을 포장해 들고 ATM기에서 시집 발문 원고료를 이체한다. 마트서 장을 본 봉지까지 배낭에 가득 넣고는 털레털레 걸어가서 겨우 버스에 몸을 실었다. 몸은 마른 지푸라기지만 새 보금자리로 돌아가는 길이라 마음은 참 기쁘고 편안하다. 오늘도 23㎞, 4만 보 정도를 걸었다.

01.14.

13. 험하다. 그래서 더 아름다운 거다

어제 포장해 온 도가니탕에 밥을 말아 속을 채운다. 버스 정류장에서 바라본 아침 하늘이 얄궂다. 검은 전봇대와 전선 실루엣 뒤로 먹구름이 기괴한 형태로 잔뜩 끼여있다. 걱정된다. 환승한 버스로 용수리 마을회관에 내린 후 출발지점을 찾지 못해 한참을 이리저리 헤맸다. 시작부터 불길하네. 이럴 땐 길찾기 앱도 무용지물이다. 아무래도 용수 포구 반대편으로 간 것 같다. 할 수 없이 택시를 타고 용수 포구로 가서 걷기 시작했다. 한 시간 이상을 허비한 것 같다. 돈 꼴고 시간 꼴고, 맘 상하고. 에라이, 길치야! 이미 벌어진 일. 좀 늦게 걷기를 시작했다 쳐야지. 마음을 고쳐먹으니 걸음이 조금은 가벼워진다.

날씨가 거짓말처럼 점점 맑아진다. 용수 저수지를 지나 특전사 숲길 입구까지 왔다. 50명의 특전사가 사라진 야생 원시림 길을 삽과 칼과 도끼로 기적처럼 만들어내서 붙여진 이름이다. 쉽게 걸어선 안 되겠다. 간벌 작업을 하지 않은 날 것 그대로의 숲이라 나무가 덩굴에 감겨 뒤엉켜 있다. 이끼가 잔뜩 낀 나무뿌리와 울뚝불뚝한 화산암 돌길에 발이라도 걸렸다간 바로 꼬꾸라지겠다. 잔뜩 긴장하며 발밑을 보면서 조심히 걷는다. 신평 곶자왈길보다 더 험하다. 그래서 더 아름다운 거다. 길이 험하면 사람이 덜 다니고, 사람이 적으면 자연은 절로 잘 보전될 수밖에 없다. 다양한 숲길의 향연이 펼쳐진다. 고목숲길, 고사리숲길을 차례로 걷는다. 다들 이름값을 한다. 고목숲길은 멋진 고목으로 고사리숲길은 새파랗게 웃자란 고사리로 주목을 끈다. 그럼 너는? 나도 내 길의 주인공인데, 왜? 어쩌라고! 실없는 독백을 쏟으며 간다.

중산간 지대에 위치한 낙천리는 올레 쉼팡마을─ 올레꾼이 쉬어가는 마을 ─이다. 로터리에 낙천의자마을 표지석이 있다. 낙천의자공원에는 아홉굿물과 정자와 커다란 돌로 만든 의자조각상이 있다. 의자는 쉼의 소중함을 상징하지. 쉬지 않으면 오래 길게 갈 수가 없다. 쉬면서 에너지를 보충하고 나를 돌아봐야 한다. 헛짐을 잔뜩 지고 있지는 않나? 욕심으로 몸에 무리가 간 건 아닌가? 찬찬히 살펴보면서 쉬어가라고 낙천마을이 내게 의자 하나를 쓱 내놓는다. 중간 스탬프를 찍고 정자에 앉아 간식을 먹으며 쉰다.

담벼락에 제주 풍속을 예술작품처럼 벽화로 그려놓은 집이 있다. 집주인은 틀림없이 화가일 거야. 프로의 향기가 물씬 밴 벽화가 담벼락 갤러리 작품이 된다. 거대한 팽나무 보호수마저도 마을의 품격을 한껏 높여준다. 돌담 사이로 길게 놓인 고샅길. 돌담 안 작물은 작물대로 돌담 밖 잡초는 잡초대로 제 자리에서 제 식으로 살아가면서도 서로 어울린다. 돌담은 타인과 나를 구분하는 경계의 상징이 아니라 타인의 존재를 인식하고 서로를 인정하기 위한 형식이 아닐까!

농장으로 나있는 시멘트 길 입구 큰 돌 틈에 올레 리본이 꽂혀있다. 리본 꽂을 데가 마땅찮으면 저렇게 돌 틈새에 리본 단 나뭇가지를 꽂아서라도 길을 알려준다. 올레길 지킴이에게 감사한다. 뒷동산 아리랑길은 귤밭 천지다. 수확한 귤보다 버려진 귤이 더 많다. 노란 낙과 무덤이 애달프다. 수지 타산이 맞지 않아 나무에 매달린 채로 땅에 떨어진 채로 스러지는 저 샛노란 것이 나를 슬프게 한다. 새파란 지평선 고갯마루에 노란 억새와 어울리지 않는, 리키타 소나무 두 그루가 산양처럼 뿔을 맞대며 아치를 이룬다. 생뚱맞은 풍경인데도 아름다운 건 뭐지!

저지오름이다. 호젓한 삼나무 터널숲을 지나니 종가시나무와 예덕나무가 우거진 길이 나온다. 전국에서 아름다운 숲 대회 대상을 받은 저지오름답다. 참 곱고 편안하며, 깨끗한 오름 숲길이다. 절로 삼림욕이 됐는지 몸이 가뿐하고 속이 뻥 뚫린다. 놀라운 치유력이다. 잔잔한 행복감이 밀려온다. 저지정보마을로 내려와 마지막 간세를 만난다. 오늘은 대낮에 걷기가 끝났다. 기분이 좋다. 계 탄 날이다. 이런 날도 있어야지.

중국집에서 새우볶음밥을 먹고 마을버스를 기다린다. 중간산 마을을 걸을 때는 마을버스 시간을 맞추기 어렵다는 것이 문제다. 배차 시간이 너무 길어 두 시간 넘게 기다려야 한다. 조금 망설이다 에잇, 바로 콜택시로 귀가하기로 한다. 숙소까지 거리가 멀지 않아 택시비도 만 원 안쪽이다. 휴식 시간을 충분히 확보하는 것은 돈으로 환산할 수 없는 가치니까.

이른 귀가로 인해 보금자리인 푸르다 오션 펜션을 제대로 보게 되었다. 파란 하늘과 새파란 바다, 수평선에는 바람개비처럼 풍력발전기가 서있고, 방파제 안에는 낚싯배가 옹기종기 정박해 있다. 방파제 끝의 빨간 등대와 하얀 벽과 검은 지붕에 푸른 통유리창으로 된 펜션이 어우러져 이국적인 정취를 풍긴다. 참으로 아름답고 여유로운 오후 시간이다. 일찍 들어가 쉬면서 오늘 밤 나를 보러오는 언니와 막냇동생이 오는 시간을 설레며 기다린다.

밤에 공항에서 택시를 탔다는 전화 받았는데 도착 예정 시간이 한참 지나서 왔다. 둘 다 안색이 별로다. 길눈 어두운 나이 든 기사 때문에 하마터면 귀곡산장으로 갈 뻔했단다. 할배가 밤눈이 어두워 길도 잘 못 찾고, 내비에 글자 찍는 것도 서툴고 귀도 어두운 데다 발음이 새서 폰이 음성 인식하지 못해 낯선 산길을 한참 돌았단다. 무서웠지만 똘똘한 시스 둘이 정신을 차리고 기사를 대신해 길을 알아내 겨우 숙소에 도착한 거다. 요금이 배로 나왔지만, 나이 든 기사가 미안해하며 깎아줬단다. 무사히 도착해서 다행이다.

방에 들어가 짐을 풀면서 할배 택시 사건으로 웃음꽃을 피웠다. '푸르다 오션'을 못 알아듣고 계속 '프르다오 선'이라 하더란다. 또 깔깔거렸다. 허리가 굽고 가는귀가 먹고 돋보기를 써도 가족의 생계를 위해 핸들을 잡고 밤길을

누벼야 하는 우리의 늙은 아버지를 보는 듯해서 웃다가도 쓸쓸해진다. 언니가 싸 온 반찬을 냉장고에 정리하고는 세 자매가 코로나 시기임에도 불구하고 제주도에서 뭉쳐 함께 올레길을 걷게 된 걸 자축하는 조촐한 파티를 열었다. 파도치는 깊고 푸른 바다를 담은 통유리창 스크린에 세 자매가 주인공이 되어 웃고 있다. 이층 침대에서 한참을 웃고 떠들다가 잠들었다.

01.15.

14. 너울너울 춤을 추면서 황금빛 등성이를 셋이

시스가 오기 전에 혼자 많이 고민했다. 발아 아파 걷기를 죽어라 싫어하는 막내가 처음 시도하는 올레 걷기라 어떤 길이 가장 짧고 무난하면서도 아름다운 곳인가를. 그래서 14-1과 15코스로 결정했다. 아침에 밥을 먹고 준비하느라 난리가 났다. 멋쟁이 시스 둘은 양껏 꾸몄다. 선글라스는 기본이고, 예쁜 패딩 롱코트– 특히 막내 –에 장갑에 모자에 스틱에. 눈밭에 굴러도 얼어 죽지 않을 정도로 중무장을 하고 있다. 제일 중요한 워킹화를 꼭 챙겨오라고 일렀건만 막내는 제 발에 편하다며 가죽 슬립온 슈즈를 신고 왔다. 헐! 어쩔 수 없다. 숙소 앞에서 셋이 활짝 웃으며 기념촬영을 한다.

콜택시를 불러 저지마을회관까지 갔다. 다행히 오늘 기사는 이곳 토박이라 길을 훤히 꿰뚫고 있는 데다가 친절하기까지 하다. 목적지가 본가 근처라며, 귤 농장을 하고 있는 자기 집에 잠시 들러 수확한 귤을 선물로 한가득 담아준다. 걸으면서 먹고 힘내라며. 우리의 아침은 이렇게 행복하게 시작됐다.

저지마을회관 앞에 내린다. 드디어 세 자매의 걷기가 시작된다. 다들 들떴다. 14-1코스 들머리가 약간 헷갈리지만 셋이 함께 찾으니 훨씬 쉽다. 동네 고샅길을 따라 경쾌하게 걷는다. 강정동산 포장도로를 웃고 떠들고 셀카 찍고 가다가 그만 리본을 놓쳤다. 이럴 때는 미련 없이 왔던 길로 되돌아가야 한다. 30분 이상의 도로(徒勞). 짜증 내지 않고 말없이 돌아간다. 쉬면서 길모퉁이 볼록 거울 판을 보며 아무 일도 없었던 것처럼 사진을 찍는다, 우리의 도로를 기억하고 함께 웃으며 걷던 순간을 기억하려고. 마침내 놓친 리본을 찾았다. 얼마나 반갑던지.

　이틀 동안 길잡이 역할을 잘해야 한다. 그래야 왕초보가 올레길 걷는 참맛을 느낄 수 있을 테니. 리본이 좁은 샛길을 가리킨다. 좁은 돌길이다. 드디어 제대로 된 올레길에 들어섰다. 막내가 잔뜩 긴장해서 걷는다. 힘들겠지. 처음은 늘 설렘 반 두려움 반으로 시작되니까. 계속 고도를 높여가며 걸었다. 혼자가 아니라 다행이다. 하늘 위는 새파랗고 아래는 짙은 구름이 잿빛으로 낮게 깔려있다. 저 멀리 오름 등성이에는 풍력발전기 네댓 기가 바람을 맞고 돌아간다. 목장의 말은 느긋하게 풀을 뜯고 우리는 주절거리며 걸었다. 길 위의 온갖 수목과 들꽃과 풀, 이끼 낀 돌마저도 보이지 않는 힘이 되어 우리를 이끈다. 헤이 시스, 유 캔 두 잇!

문도지 오름 정상이다. 오름 정상이 이처럼 광활하게 트인 곳은 처음이다. 문도지 오름과 하늘의 경계에 한라산과 크고 작은 오름이 고운 레이스처럼 드리워져 있다. 환상적인 풍광 앞에 함께 환호했다. 광풍을 세게 맞아도 그저 즐겁다. 환희에 찬 비명을 지르며 셀카를 찍어대고 너울너울 춤을 추면서 황금빛 등성이를 셋이 마구 휘저으며 뛰어놀았다. 나이를 잊는다. 찬란한 순간이다.

아쉬워 뒤돌아보면서 내려왔다. 저지 곶자왈 공터 돌덩이에 앉아 쉬면서 간식과 물을 마신다. 셀카 속 우리는 웃고 있다. 역시 뚜벅이의 언니이고, 동생이다. 곶자왈 길은 언제 걸어도 좋다. 멋진 숲만큼 이끼 낀 돌길조차 사랑스러우니 뼛속까지 올레꾼인가 보다, 나는. 누군들 이 길을 사랑하지 않을 수 있겠나! 샛길에 간세 모양의 철문을 만들어 놨다. 목장의 말이 빠져나가지 못하게 만든 건데, 말 대신 우리가 디귿 자 모양으로 꺾인 철문을 미로처럼 빠져나가는 재미를 맛본다. 폭이 좁아 덩치 큰 사람은 끼여서 못 빠져나올 것 같다. 곶자왈 곳곳에 작은 궤— 작은 동굴 —가 있다. 먼 옛날에는 주거용이던 것이 4　3사태 때에는 주민의 피신처로 때로는 토벌대의 주둔지로 쓰였다. 제 주인의 삶의 애환이 서린 곳이라 그런지 서늘한 기운이 온몸에 스민다.

샛길을 따라 한참 내려가니 어마어마하게 큰 오설록 녹차밭이 나온다. 녹차밭이 아니라 이건 진초록 바다다. 가로세로의 수직미와 우아한 곡선미가 조화를 이룬 거대한 추상화 한 점이다. 문도지 오름과 저지 곶자왈의 무질서하면서도 야생적인 아름다움과는 달리 오설록 녹차 정원은 인위적이나 정제된 아름다움으로 우리를 사로잡는다. 장관이다. 드디어 오설록 끝점. 스틱과 장갑을 벗어 던지고 간세 스탬프를 찍는다. 축하의 기념 셀카도 찍었다. 막내가 쏘는 녹차라테와 녹차 케이크와 녹차 아이스크림을 맛나게 먹으면서 우리의 성공적인 첫 올레 걷기를 자축한다. 장하다, 마이 시스. 택시를 타고 숙소로 돌아왔다.

근사한 저녁을 먹으러 옷을 갈아입고는 버스로 한림 해수욕장으로 갔다. 동네 주민이 알려준 맛집은 거기서 버스로 몇 코스 떨어져 있는 데에 있단다. 우린 걸어가기로 했다. 어둑한 밤길을 제법 많이 걸었다, 함께 웃고 떠들면서. 드디어 늦은 저녁으로 우럭매운탕과 우럭튀김을 우도 땅콩막걸리와 함께 맛있게 먹으면서 올레 첫 걷기 성공을 다시 자축한다. 우럭매운탕 맛보다 함께한 기쁨의 맛이 더 좋다. 돌아와서 씻고 하루를 마감한다. 오늘 코스는 짧았지만 밤 나들이 길까지 보태져 17㎞, 3만 보 정도를 걸었다. 막내 입장에선 생애 최고로 많이 걸은 거다.

　지쳐서 침대에 올라가 불을 끄고 잠자리에 들었다. 나는 거의 잠이 든 상태였다. 자정이 넘어선 시간인데 막내가 자지 않고 아래층 소파에 앉아 어둠 속에 티비를 켜놓고 멍을 때리고 있었나 보다. 오늘은 힘들게 걸어서 지쳐 자는 게 정상이다. 게다가 내일 또 많이 걸어야 하니 푹 자야 한다. 근데 잠을 자지 않고 혼자 앉아있으니 언니가 왜 안 자냐, 불 끄고 빨리 자라고 했다. 막내가 갑자기 소릴 빽 지르며 울고불고 난리를 친다. 잠이 확 깼다. 불면증으로 아무리 자려고 해도 잠이 안 와 미치겠는데 언니가 저를 이해 못하고 나무라기만 한다고 울면서 지랄을 해댄다. 한밤중에 이기 무슨 일이고! 내일 아침에 혼자 집에 갈 거라며 울고 악을 써댄다. 헐! 난리도 이런 난리가 없다. 어이가 없었지만 무조건 언니가 잘못했다고 겨우겨우 달래서 밤을 보냈다. 오늘의 끝은 참나, 기가 찬다.

01.16.

15. 사랑하는 마음을 담고 걷기도 버거운데

간밤 막내의 난동으로 아침은 정신이 없어 먹지도 않았다. 타는 우리 속도 모르고 이른 아침 월령리 해변은 감청색 바다와 청회색 하늘로 저만 홀로 기막히게 아름답다. 우리는 각자 입을 다물었다. 꼴통 막내를 겨우 달래서 한림항 가는 버스를 탔다. 정신이 없어 버스에서 미리 내리는 바람에 한림항 시작점을 못 찾아 한참을 헤맸다. 갑자기 오줌도 마렵다. 에이! 화장실이 안 보여 항구 뒷골목 낡은 생선 상자를 쌓아둔 곳에 급히 들어가 길쉬를 눈다. 이러다 길을 못 찾는 건 아닌지! 우거지상을 한 막내를 보니 대략 난감하다. 오늘 저걸 데리고 무사히 걸을 수나 있을까?

불현듯 어린 시절이 떠오른다. 중학생이던 언니가 모처럼 단체 영화관람을 하던 날. 엄마가 일하느라 바쁘니 나랑 막내 둘 다 데리고 가라고 했다. 지금 생각하니 맏이한테 참 가혹한 엄마였다. 그땐 그럴 수밖에 없었겠지만. 사춘기 소녀라면 제 친구랑 어울려 영화를 보러 가야 하건만 착한 언니는 혹을 둘이나 달고 간 거다. 영화를 원체 좋아하는 나는 좁은 극장이라도 기를 쓰고 몰입해서 영화를 봤다. 그런데 어린 막내는 극장이 깜깜한 데다 비좁고 영화─ 세 시간짜리 「바람과 함께 사라지다」 ─는 길고 하니까 계속 징징대며 나가자고 했다. 결국, 영화를 다 보지도 못하고 나갈 수밖에 없었다. 열 받아 둘이서 막내를 쥐어박았다. 울고불고 난리를 치면서 혼자 집에 간다고 생떼를 썼다. 길도 모르는 게 제 맘대로 가고 있다, 뭐 저런 게 다 있노! 안 서나! 돌멩이를 던져도 아랑곳하지 않고 엉엉 울면서 마구잡이로 달려간다. 결국, 버스는 타지 못하고 우는 걸 겨우 달래 업었다 걸었다 하면서 집까지 터덜터덜 걸어갔던 기억. 어이구! 그 꼴통 개막내가 제주에 다시 나타난 거다.

해안로를 따라 셋이 말없이 걸었다. 미친 바람이 분다. 무지 춥다. 모자를 눌러쓰고 머리를 푹 숙이고 걷는다. 간밤에 막내는 왜 그랬을까? 불면증인가 갱년기 우울증인가? 혼자 많이 힘들었나 보다. 지치고 힘들어 언니의 따뜻한 위로 한마디를 바랐을 텐데. 막내 마음을 제대로 알아주지 못해서 미안하다. 다 풀 죽어있다. 마스크를 써도 슬픈 눈빛은 감출 수 없다. 수평선 위 구름도 바다도 다 칙칙하다, 우리 안처럼. 그래도 언니가 먼저 마음을 낸다. 예쁜 담벼락이나 조형물이 나오면 막내를 세워놓고 사진을 찍어주고 눈치를 보며 살살 말을 건넸다.

끝없이 이어진 해안길에서 바람을 있는 대로 맞으면서 마음속 찌꺼기를 하나씩 털어냈다. 과물노천탕 앞에서도 한 컷 한다. 사랑하는 마음을 담고 걷기도 버거운데 미워하는 마음을 뭐 때문에 안고 가겠나! 하염없이 걷다 보면 저절로 버려진다. 비단교를 건너가는 언니들 뒷모습을 보면서 막내가 속울

음을 울었다 한다. 자기가 뭐라고 나이 든 언니가 제 비위를 맞춰주려고 저리도 애를 쓰나 싶어서. 너무 미안하고 고마워서 눈물을 훔치며 걸었단다. 해변가 보말 레스토랑에서 맛난 보말죽과 보말칼국수와 수육 몇 점으로 아점을 먹으면서 쉬어간다. 따뜻한 게 속에 들어가니 몸도 마음도 조금씩 녹는다.

검은 갯바위를 때리는 파도가 장관이다. 우르릉 우르릉 쾅쾅쾅. 거대한 파도가 갯바위를 거칠게 치고는 하얀 포말로 부서져 내린다. 갯바위는 파도를 맞고도 끄떡도 하지 않고 버틴다. 멋진 카페 길을 앞서거니 뒤서거니 걷고 있는 언니와 동생을 본다. 스틱을 꽉 쥐고 묵묵한 걷고 있는 뒷모습에서 단단한 갯바위를 본다. 하늘이 조금씩 갠다.

드디어 종점 고내 포구가 보인다. 간세를 찾아 스탬프를 찍고는 안내센터에 들어가 올레 두 코스 걷기를 무사히 마친 기념으로 예쁜 간세 인형을 각자에게 선물한다. 지금도 배낭에 수호천사처럼 달려있다. 맞은편 흑돼지 구이집에서 맛난 근고기구이에 막걸리를 곁들여 먹으면서 오늘 걷기를 자축하고 우리를 돌아보는 시간을 갖는다. 살면서 먹어본 생고기구이 중 가장 맛있었다. 육즙이 흐르면서 연하고 고소한 맛이 환상적이다. 제주산 젓갈장에 찍어 상추랑 쌈 싸 먹는 그 맛을 잊을 수 없다.

막걸리를 한 잔씩 하고는 셋이 돌아가며 속내를 드러내고는 울다가 웃었다.

막내는 언니에게 미안하다며 울고, 언니는 막내 맘을 헤아리지 못했다고 울고, 나는 둘 사이에 끼인 둘째 노릇 힘들어 못 해먹겠다며 울었다. 울다가 고기가 너무 맛있고 막걸리 맛이 끝내준다며 미친년처럼 울다가 같이 웃었다. 기분이 좋아졌다. 불판 갈러 온 총각, '이 이모들 대체 뭐지!' 하는 표정을 짓자 또 배를 잡고 웃었다. 엉덩이에 털 꽤나 났다. 뒷날 이 집에 셋이 꼭 다시 와야지. 육즙 품은 생 근고기맛을 잊을 수 없어서.

숙소로 돌아와서 막내는 쉬고 언니랑 둘이 가까운 월령리 해변가 선인장 군락길을 걸었다. 오늘이 언니와 동생의 걷기 마지막 날이다. 해변 거친 돌 틈새 거대한 연둣빛 선인장 군락은 들꽃 무리보다 더 예쁘다. 바닷물은 투명한 옥빛을 띠고 하늘에는 흰 구름으로 가득하다. 구름 사이로 한 줄기 저녁 햇살이 쏜살처럼 바다에 내리꽂힌다. 찬란한 하루가 저물어간다. 셋이 20km, 33,000보를 걸었다. 오늘 밤은 다 잘 잤다.

01.17.

16. 그래도 인생은 찬란하게 아름다운가 보다

언니와 막내가 짧은 걷기를 끝내고 아침에 떠났다. 다시 혼자다. 택시로 고내 포구로 가서 걷기 시작한다. 애월 해안도로는 드라이브코스로 유명하다더니 해안 풍경이 끝내준다. 검은 뱀 대가리 모양의 화산 암벽을 덮은 누런 잡초더미 사이로 난 우드덱 길조차도 우아한 곡선미를 드러낸다. 갯바위를 따라 하얀 파도가 두껍게 쌓였다가 부서져 내리며 초록 물이 되고 다시 하얀 포말로 부서지기를 반복한다. 혼자 걸으면서 세 자매가 함께한 3박 4일의 일정을 되돌아본다. 어린 시절의 기억 조각이 뒤섞여 떠오르자 눈물이 핑 났다.

울 엄마, 언니는 맏이라고 유치원도 보내고 새 옷도 양장점에서 맞춰 입혔다. 남동생은 사내아이라고 새 옷을 사 입히고, 막내는 아기라 또 아기 옷을 사 입혔다. 둘째인 나는 새 옷 사달라고 많이도 졸라댔으나 엄마는 들은 척도 안 했다. 늘 언니 옷을 받아 입었다. 초등학교 졸업식 날 상을 받으니까 예쁜 옷 한 벌 사달라고 간절히 청했다. 그때도 엄마는 단호했다. "너 지금 벗고 있냐? 입던 옷 깨끗이 빨아 입으면 되지." 정말 해도 해도 너무한 거 아닌가! 이러니 내가 아래위 할 것 없이 틈만 나면 싸우고 엄마, 아버지한테도 대거리를 하는 싸움닭으로 자랄 수밖에 없었지. 그땐 둘째라서 많이 억울하고 서러웠다.

내 바로 밑의 사대 독자 남동생 근이는 남자애라고 혼자 방 하나를 쓰고 딸 셋은 여자애라고 좁아도 늘 한방을 썼다. 겨울밤 이불 하나를 셋이 덮고 잘 때다. 언니는 언니니까 가에 자겠다 한다. 막내는 막내니까 또 한쪽 가에 자겠다 한다. 나는 어쩔 수 없이 가운데 자리다. 가운데라 좋겠다고? 오, 노 노. 가운데 자리는 양쪽 가에서 이불을 말아 버리기 때문에 이불이 붕 떠서 찬바람이 들어오는 데에다 발을 밖으로 내기가 어려워 참 갑갑한 자리였다. 나 원 참!

돌아가신 엄마, 아버지께 성토를 하면서 훌쩍이며 걸었다. 사대 독자 금송 아지 아들 액막이로 바로 위인 나를 일곱 살 때까지 선머슴애로 만들어 놨었 다. 반바지에 땜통 자국이 있는 **빡빡머리**의 어린 남자애가 빛바랜 사진 속 에 있다. 우리 애들이 그 사진을 보고 어릴 때 엄마 모습인 줄 모르고 "어, 외삼촌이네?" 한다. 국민학교 입학할 무렵에야 이름— 영훈에서 연미로 —도 바꾸고 여자애로 살게 한 거다. 유방암 수술 후 병실에 누워, 간병하러 온 엄마한테 실없이 따졌다. 그때 왜 그랬느냐고. 엄마가 우셨다. 미안하다고, 그땐 어쩔 수 없었다고. 근데 지금 엄마가 사무치게 그립다. 아들을 낳지 못 하면 아버지를 새 장가 들이겠다는 서슬 퍼런 시집살이를 엄마는 혼자 견뎌 내느라 얼마나 외롭고 힘들었을까?

신엄 포구를 지나고 중엄새물을 지난다. 눈물은 훔쳤다. 무슨 쓸데없는 잡도리를 하고 있나 싶다. 눈두덩이는 부어있지만, 마음은 한결 가볍다. 남두연대를 지난다. 연대는 바닷가에 돌을 쌓아 만든 등대 역할을 하던 구조물이다. 두 시간 이상 걸었나? 구엄 포구다. 넓고 검은 현무암 위에 황토로 테두리 쳐놓은 소금빌레− 빌레는 평평하고 넓은 바위를 이르고 이를 이용해 소금을 만들던 곳 −가 있다. 그 옛날 치열했던 생계 현장이 지금은 멋진 설치예술품으로 화해 있다.

수산저수지 초입에 400살 된 시커멓고 거대한 곰솔이 수산마을을 지키고 있다. 가로로 길게 뻗어 내린 굵은 나뭇가지의 위용에 뚜벅이 기가 팍 죽는다. 넓은 수산저수지 물과 하늘은 군계일학인 곰솔의 배경으로 말없이 깔려 있을 뿐이다. 중산간 지대 수산봉 둘레길에 오른다. 길가에 전시된 시 한 편이 발을 붙든다.

살다가 보면 / 넘어지지 않을 곳에서 / 넘어질 때가 있다 / 사랑을 말하지 않을 곳에서 / 사랑을 말할 때가 있다 / 눈물을 보이지 않을 곳에서 / 눈물을 보일 때가 있다 / 살다가 보면 / 사랑하는 사람을 사랑하지 않기 위해서/ 떠나 보낼 때가 있다 / 떠나보내지 않을 것을 떠나보내고 / 어둠 속에 갇혀 짐승스런 시간을 / 살 때가 있다 / 살다가 보면

― 「살다가 보면」, 이근배

그래서 인생은 고해인가 보다. 그래도 인생은 찬란하게 아름다운가 보다. 코끝이 찡해온다. 선선한 선대 길과 붉은 먼나무 길이 저를 보라고 유혹한다. 이끌려 길 속으로 흘러 들어간다.

중산간도로 아래 계곡에 삼별초난을 일으킨 김통정 장군의 전설이 서린 장수물이 있다. 오르막길이 지루하게 이어지더니 느닷없이 높게 솟아있는 긴 토성이 쓱 나온다. 어, 이건 뭐지? 올라가서 걸어도 되나? 거대한 토성 둔덕 위에서 탁 트인 벌판을 좌우로 내려다보며 천천히 걷는다. 비현실적인 공간에 홀로 떠있는 듯한 신비한 경험을 한다. 이렇게 거대한 토성은 처음 본다. 토성 위를 걸어가다 보니 항파두리 항몽 유적지가 나온다. 코스모스 정자 앞에 중간 간세가 있다. 스탬프를 찍고는 유적지를 둘러본다.

삼별초 항쟁은 13세기 후반 반외세·반정부의 기치를 든 일반 민중의 참여

로 일어난 가장 방대한 항전이었다. 진도가 함락을 당하자 삼별초는 김통정 장군을 중심으로 근거지를 제주로 옮기고, 항파두리성을 쌓고 여몽 연합군에 맞섰으나 결국은 진압당하고 말았다. 토성 위에서 바라본 항파두리 넓은 유적지에 삼별초군의 한 맺힌 저항의 외침이 칼바람 되어 웅웅거리고 있다.

길고 긴 토성을 걸어 내려오면서 그냥 계속 눈물이 흘렀다. 사면초가의 상황에서 목숨을 초개같이 버린 삼별초군과 김통정 장군의 한이 느껴져서일까? 눈이 퉁퉁 부었다. 황량하고 스산한 항파두리 토성이 점점 멀어진다. 청화마을 언덕을 넘어간다. 길가 곳간 벽에 걸려있는 낡은 거울 속에 마른 억새풀과 함께 지친 내가 스틱을 집고 겨우 서있다. 드디어 광령1리 사무소다. 오늘은 혼자 참 많이도 울면서 걸었다. 21㎞, 35,000보 정도 걸었다.

01.18.

17. 풍경은 아름다우나 길은 잔인하고

17코스 광령 – 제주 원도심

캠프를 옮기는 날 새벽은 언제나 바쁘다. 마지막 이사. 콜택시로 출발한다. 빨리 짐을 옮겨놓아야 걸을 시간이 넉넉해진다. 함덕 해수욕장 근처인데 택시로 근 50분가량 걸릴 정도로 제법 먼 거리다. 다몰 펜션 사무실에 짐을 맡겨두고 나왔다. 아침 함덕해수욕장 해변, 이국적이다. 바닷가에 있는 유럽풍 카페와 야자수, 붉은 기운이 서린 솜털구름 옷을 입은 아침 하늘과 하얀 덮개 망– 모래 유실을 막기 위한 장치 –을 덮고 드러누운 백사장이 묘하게 조화를 이루며 아름다움을 자아낸다. 제주 올레길에서 본 해변 풍경 중 가장 매혹적이다. 걷기를 마치고 나서 천천히 즐겨야지.

정류장으로 가서 8시경에 버스를 타고 제주시 노형오거리에 도착해서 환승 버스를 기다린다. 제주 버스에 꽤 익숙해졌지만, 환승 버스를 기다릴 때는 여전히 긴장된다. 한 번 놓치면 시간을 잃어 걷기에 차질이 생긴다. 광령1리 사무소에 도착하니 9시 30분이다. 함덕에서 여기까지 오는데 거의 1시간 30분이 소요된 거다. 새벽 4시에 일어나 이른 아침을 먹고 이사 준비를 한 시간부터 따지면 거의 5시간 30분이 경과됐다. 사랑하면 이 정도 시간과 노력은 투자해야지.

무수천을 따라 걷기 시작한다. 무수천은 한라산 서쪽 계곡에서 흘러 제주 외도동 앞바다까지 이어진다. 수량이 풍부해 제주시의 주요 수원이 된다고 한다. 무수천(無愁川)은 과연 복잡한 인간사의 근심을 없애주는 하천일까? 무수천 트멍길— 틈새길 —은 시작부터 하천 따라 길게 뻗어있는 시멘트 사잇길이다. 하천 위쪽은 바닥이 말라있다. 겨울 건기라 그런가? 이름을 무수천(無水川)으로 바꾸어야겠네. 하천 바닥이 검은 현무암인 것과는 달리 냇가 양쪽 석벽은 기기묘묘한 회백색 암석으로 나지막하고 기다란 병풍을 쳐놓은 것 같다. 신기하다. 아래로 내려가니 수량이 조금씩 늘어난다. 깊고 푸른 물빛에 어린 회백색 석벽은 수묵 산수화 한 폭이다. 비경이다!

시멘트길이 발바닥과 무릎뼈에 극심한 통증을 안긴다. 풍경은 기막히게 아름다우나 길은 잔인하고 지리멸렬하다. 올레 26코스 중 17코스가 발과 다리에 가장 큰 손상을 입힌 최악의 길인 것 같다. 흙길이 단 한 번도 나오지 않는다. 부정형의 기하학, 무수천의 현란한 암석 쇼를 홀로 감상하는 대가로 고문 수준의 발바닥과 무릎 통증을 견뎌내야만 했다.

외도물길 20리라 새겨진 입석을 보니 바다가 가까워지나 보다. 바다와 하천이 만나는 곳에 월대가 있고 깔끔하게 조성된 외도천을 따라 내려가니 드디어 검푸른 바다가 나온다. 하천물과 하늘과 바다 빛깔이 다 검푸르다. 해안도로 역시 아스팔트에 시멘트길이라 다리가 너무너무 아프다. 이럴 땐 흙길까진 아니어도 우드덱길이라도 있으면 좋을 텐데. 올레길 중 다리에 끔찍한 고통을 안긴 고문길이다. 아랠 보지 말아야지. 휴, 고개를 든다. 눈 덮인 한라산 정상이 까마득하다. 내도 앞바다는 푸르다 못해 검다. 수평선의 하늘색만 희푸르고 하늘 위로 갈수록 푸름이 짙어진다. 제주에서만 볼 수 있는 바다와 하늘빛이다. 아름다움은 근원을 알 수 없는 무한한 깊이에서 우러나오나 보다.

해변가에 작은 요트와 부표와 호미를 든 귀여운 해녀상이 있다. 아니나 다를까 이호동 현사마을 앞바다에 일월 추위도 아랑곳하지 않고 거친 파도를 타며 물질을 하는 해녀가 보인다. 세상에서 가장 용감한 어머니고 누이다. 끙차, 나도 없는 힘을 짜내본다. 이호동 앞바다에 쌍원담이 보인다. 바다에 돌담 두 개를 커다란 원형으로 쌓아 썰물 때 멸치나 잡어를 잡는다 한다. 이

용후생(利用厚生) 하던 돌담이 오늘은 자연석 설치미술품으로 화해, 제주 검푸른 바다를 멋지게 꾸미고 있다. 해녀 식당에서 성게 미역국을 먹으면서 지친 몸을 달랜다. 국물 맛이 끝내준다. 제주 바다의 싱싱한 맛이 온몸 구석구석에 퍼진다. 피로가 좀 녹아내린다.

도두봉 고갯마루에서 다른 사람의 도움을 받아 한 컷 한다. 고갯길과 하늘이 맞닿은 지평선에 두터운 패딩 점퍼와 패딩 바지, 빨간 군밤모자와 주황색 장갑에 검은 마스크까지 쓴 여자가 스틱을 짚고 당당히 서있다. 사실은 다리가 풀려 맛이 간 상태로 겨우 버티고 서있는 거다. 어느 사진작가가 말하길 사진은 거짓말을 안 한다 했으나 나는 나를 속이는 표정과 동작으로 사진을 찍었다. 안 그러면 더 이상 걷지 못하고 주저앉을 것 같아서. 내가 짠하다.

어영소공원에서 중간 스탬프를 찍는다. 공원 정원에 심어둔 문주란 군락을 본다. 제주 모래땅에 자생하는 문주란을 가까이서 보기는 처음이다. 청순함과 순박함을 상징한다지만, 내 눈에는 용감무쌍해 보인다. 추위도 척박함도 다 견디면서 저렇게 새파랗게 자라고 있으니. 용두암에 도착하니 12시 30분 경이다. 삼십여 년 전 신혼여행 때부터 봤던 용두암이지만, 혼자 겨울 올레길 위에서 만난 용두암은 또 다른 느낌으로 와닿는다. 고생했다고 거의 다 왔으니 수고했다고 격려해 주는 듯하다.

용담도 여전히 깊고 푸르다. 관덕정 간세라운지를 끝으로 오늘 17코스 걷기가 끝난다. 함덕 해수욕장까지는 버스로 한 시간가량 걸린다. 다리를 절며 마트에 가서 포장된 숭어회와 청하를 사 갖고 숙소로 간다. 다몰 펜션 이층 방으로 짐을 겨우 끌어 옮겼다. 숙소가 깔끔하다. 여기서 며칠─ 6박 ─을 묵으면서 올레길 마지막 코스를 소화할 거다. 셀프 이사를 자축하고 오늘 힘든 걷기를 무사히 마친 것을 격려하는 혼파를 벌인다. 숭어회와 청하 한 잔, 기막힌 궁합이다. 너무 피곤해서 바깥 함덕 해수욕장 저녁노을 구경은 엄두도 못 내고 씻고 바로 끙끙 앓다가 뻗어 잤다. 오늘은 22.47㎞, 38,747보를 무지막지한 시멘트길로만 걸은 날이다.

01.19.

18. 죽어라 걷고 난 뒤 맛보는 휴식의 달콤함

반찬을 있는 대로 다 꺼내 아침을 차려 먹는다. 아침을 여는 나만의 소중한 의식. 이른 아침 숙소에서 버스 정류장을 찾아가다가 좀 헤맸다. 어느 버스 정류장이 좀 더 가깝지? 쓸데없는 데에 짱구를 굴리다니. 머리를 좋은 데쓰지 않고 치사하게 거리 조금 줄이는 데 쓰려다가 오히려 매를 번다. 소탐대실. 7시 25분경에 380번 버스를 탔다.

동문시장 근처에서 출발점인 관덕정 간세를 찾기가 어려웠다. 골목 안에 있는 데다 주차를 많이 해놔서 잘 보이지 않았다. 겨우 찾아내서 8시 20분부터 걷기 시작한다. 관덕정 돌담과 오현단 아래를 지나간다. 거대한 돌담도 예술품이 된다. 그 아래를 걸어가는 내가 작고 초라해 보인다. 거대한 동문시장을 가로질러 간다. 아침이라 시장이 아직 제대로 열리지 않아 조용하다. 산지천 다리 위로 아침 해가 밝아온다. 오늘 날씨는 좋을 것 같다.

산지천을 따라 내려가니 김만덕 기념관이 나온다. 김만덕은 제주 출신의 기녀 신분으로 치산에 능해 상업을 통해 거상이 되었다. 정조 때 제주도에 흉년이 들자 그녀는 전 재산을 털어 곡식을 구매해 백성을 구휼한, 배포 큰 여인이었다. 요즘 정치인 중에는 권력을 검은돈을 모으는 데 쓰느라 연일 뉴스거리에 오르내리는 이들이 있다. 노블레스 오블리주라고는 눈 씻고 봐도 없는 모리배다. 제대로 된 부와 제대로 된 정치가 어떤 것인지 김만덕한테 배웠으면 좋겠다. 모퉁이를 도니 김만덕 객주가 전형적인 제주 돌담 초가집으로 조성되어 있다.

저기 제주 여객터미널이 보인다. 오른쪽 언덕길이 사라봉 가는 길이다. 사라봉 정상에 멋진 공원이 꾸며져 있다. 칠머리당 영등굿을 알리는 긴 대리석 벽화가 있다. 칠머리당 영등굿은 제주 해안 부락에 전해오는 영등굿 놀이로 해녀들이 영등 할매한테 한 해 어업이 잘되기를 비는 굿이다. 흰 대리석에 검은 글씨와 그림으로 상세히 소개되어 있다. 자기 고장의 전통을 아끼는 이의 진심이 고스란히 전달된다. 제주 사람에게 바다는 생계 수단이기도 하지만, 생사여탈권을 쥔 무서운 신이기도 하다. 외경하는 마음으로 어찌 복종하지 않겠나!

사라봉 봉수대 앞에 일제가 판 진지 동굴이 있다. 제주 해변 군데군데에 진지 동굴을 파놓은 그들의 만행에 소름이 돋는다. 마을 담벼락 벽화 한 점이 눈에 띈다. 굽이치는 파도와 까치노을에 먹구름 드리운 하늘을 배경으로 갯바위에 한 아낙이 서있다. 뱃일 나간 지아비가 무사히 돌아오기를 애절히 갈구하는 여인의 형상이 강렬한 색의 대비로 채색된 벽화다. 프로가 그린 벽화임이 틀림없다.

화북 비석거리. 돌옷 입은 회백색 비석이 열 지어있다. 이곳에 살던 양반인가? 지역유진가? 유명인산가? 혼자 궁시렁대며 화북 포구 해안도로로 간다. 시원한 바다를 보니 눈맛이 참 좋다. 홍채가 푸른빛으로 물들겠다. 해변 따라 화북 별도 환해장성이 자로 잰 듯이 반듯하게 펼쳐진다. 환해장성이 파란 하늘과 검은 흙의 경계를 확실하게 구분 짓는다. 별도 연대도 딱 떨어지는 직사각형으로 쌓아놨다. 둘 다 최근에 재건했나 보다. 돌이 기계로 커팅되어 반듯반듯하다 보니 돌 사이 빈틈도 없고 삐져나온 것도 없다. 무너져 내린 돌을 쌓아 올린 다른 곳의 장성이나 연대와 느낌이 다르다. 인위는 절대로 자연을 이길 수 없다. 인위적이긴 하나 문화재를 복원하려는 마음은 아무것도 시도하지 않는 것보다는 낫다.

삼양 해변에 파도 맞은 검은 오각형 현무암 갯바위가 섹시한 등 근육을 보이며 객을 유혹한다. 삼양 검은모래 해변이다. 검은 모래 사이로 금빛 모래가 부정형의 물결무늬를 이루고 있다. 참 예쁘다. 자연은 제자리에서 저마다의 맵시와 때깔과 광채를 띠고 있다. 나도 그런가? 나의 맵시와 때깔과 광채는 어떨 때 가장 빛나지? 걸을 땐가? 공부할 땐가? 글 쓸 땐가? 옛날 연애하던 대학생 시절, 남편은 내가 도서관에서 열심히 공부하고 있을 때가 제일 예뻤다 했다. 근데 요즈음은 장거리를 혼자 씩씩하게 잘 걷는 나를 보고 장군이다 됐다며 격하게 칭찬한다. 좋아하는 일을 할 때 엔도르핀과 도파민과 세로토닌이 나오니 아름답게 보일 거다. 걷는다. 고로 나는 아름답게 존재한다. 몰골은 비록 꾀죄죄하지만. 삼양해수욕장 정자에서 중간 스탬프를 찍는다.

삼화 포구식당에서 우럭매운탕을 먹는다. 얼큰하고 시원하다. 점심시간은 허기를 채워주면서 제대로 된 휴식을 취할 수 있어서 참 좋다. 찬바람 부는 길 위에선 잠시 간식을 꺼내 먹거나 물 한 모금 마시는 정도밖에 할 수 없다. 추우니까. 인체는 참 신비롭다. 죽을 것같이 피곤하다가도 맛있고 뜨끈한 음식이 들어가면 온몸에 바로 생기가 돈다. 기분이 좋아지고 기운이 난다. 그래서 걸을 때 잘 챙겨 먹는 것은 매우 중요한 일이다.

신촌 가는 옛길 농로를 따라 내려가면 시비코지 해안에 닭모루- 닭벼슬 모양의 현무암 석벽 -가 나온다. 검푸른 바다와 검은 현무암 기석이 나를 홀린다. 찬란한 풍광이다. 이 맛에 오늘도 나는 걷는다. 해변가에 큰물 여탕이 있다. 샘물이 나오는 곳으로 제주 여인들의 공동 목욕탕이었나 보다. 신촌과 조천 마을의 경계에 대섬 표지판이 있다. 군데군데 용암이 흘러내려 해변에 다양한 무늬의 반석을 이루고 있다. 뭍으로 올라온 현무암은 희멀건 회색으로, 해변에 깔린 현무암은 새까만 먹색으로 묘한 대비를 이룬다. 장관이다.

연북정이 높게 쌓인 축대 기단에 우뚝 서있다. 연북이란 이름은 유배 온이가 한양 소식을 애타게 기다리며 북쪽에 계신 임금께 충정을 표한다는 뜻을 담고 있다. 거대한 옹성으로 되어있어 바다를 지키는 망대 역할을 주로 했겠다. 새파란 하늘로 치솟은 돌계단과 북쪽 타원형 축대와 남쪽 직사각형 축대, 그 위 팔작지붕의 연북정 위용에 기가 눌려 감탄을 속으로 삼키며 절로 겸손해진다.

저 멀리 바다 가운데 솟은 작은 갯바위에 가마우지 떼가 빼곡히 앉아있다. 밀물에 갯바위가 잠겨버리면 쟤들은 어디서 쉬지? 지금 가마우지 걱정할 때가 아니다. 아, 어디든 앉아서 쉬고 싶다. 늘 끝 지점이 다 되어 가면 몸이 먼저 안다. 젖산이 쌓여 보폭은 점점 줄어들고 전두엽이 흐려져 길이 줄어들지 않는다는 착각에 빠져든다. 한마디로 맛이 가고 있다.

저기 조천 만세동산의 뾰족한 기념탑 머리가 보인다. 휴, 살았다. 공원 들어서기 전 돌담 옆에 새파란 간세가 '나 여기 있지.' 하면서 나를 반긴다. 그래 반갑다, 너. 기쁨 마음으로 스탬프를 꾹 찍는다. 조천 만세기념탑은 독립만세를 부르며 태극기를 힘차게 흔들던 사람이 두 팔을 하늘 향해 뻗은 형상을 하고 있다. 조천 만세동산 공원은 엄청나게 넓은 부지에 기념 조각상과 탑이 아름다운 숲과 하늘과 아스라한 한라산과 어울려서 완벽한 조화를 이루고 있다. 제주인의 애국심 애향심 자긍심이 아우라로 스미어 신성한 기운을 뿜어내고 있다. 뭉게구름 가득 한 푸른 하늘 아래 거대한 하얀 대리석 기념탑. 그 앞에서 '제주 만세! 구연미 만세!'를 속으로 외치며 팔을 치켜들고 기념사진을 찍었다. 진심으로 기뻐하며 웃었다.

조천 만세동산에서 함덕 해수욕장까지는 지척으로 버스로 15분 정도 거리다. 그래도 더 이상 걷지 않는다. 버스에 지친 몸을 싣고 숙소로 돌아간다. 걷기 매력 중 하나는 죽어라 걷고 난 뒤 맛보는 휴식의 달콤함이다. 내게 불면은 없다. 고단한 하루의 걷기가 머리에 든 잡념을 싹 쓸어내니 단순해지고 자족하게 된다. 오늘 하루도 무사히 걸어냈구나. 감사하다. 자신에게, 자연에게, 나를 사랑하는 모든 이에게. 오늘도 23.46㎞, 40,000보 정도를 잘 걸었다.

01.20.

19. 속을 숨길 수 없는 저 맑고 순수한 해변에

19코스 조천 - 김녕

황태계란국과 햇반, 한 보시기에 담은 밑반찬으로 소박한 아침을 먹는다. 갈수록 잔머리를 굴리게 된다. 오늘은 함덕 해수욕장에서부터 걸어야겠다. 조천 만세동산에서 함덕 해수욕장까지 6.3㎞는 자투리 시간에 걷지 뭐. 이게 다 함덕 해변 탓이다. 아름다운 건 죄다. 아침 델문도 카페 지붕에는 밤새 켜논 꼬마전구가 요정처럼 반짝이고 있다. 그물을 후리는 어부 조각상 뒤로 구름 낀 아침 하늘과 백옥의 바다 경계선에 야자수와 델문도 카페가 몽환적인 자태로 서있다. 해변이 얕아 물 아래 잔돌이 속내를 다 드러낸다. 제주 해변 중 가장 아름답고 핫한 곳이지 싶다.

해변 공원 잔디밭에 선글라스 끼고 느긋하게 앉아 바다를 바라보며 선탠하는 돌하르방 조각이 있다. 편안하고 여유로운 포즈, 부럽네. 돌하르방이 너도 나처럼 릴렉스 하라 한다. 서우봉으로 천천히 고도를 높이며 올라간다. 고갯마루에 서니 억새풀 너머 한라산 너른 품 안에 함덕 해변과 마을이 편안하게 안겨있다. 오늘은 날씨가 포근해 좀 가볍게 입었다. 1월이지만 서우봉에서 이른 봄기운을 느낀다. 마음이 들뜨고 몸도 가뿐하다. 기분 탓인가?

한참 걸어 내려가니 북촌마을 너븐숭이 4·3 기념관이 나온다. 무장대 습격으로 군인 2명이 피살되자 너븐숭이 벌판에서 북촌 주민 300여 명을 집단 학살한 비극의 현장이다. 기가 막힌다. 아기 돌무덤 20여 기도 있다. 온몸에 소름이 돋으면서 눈물이 쏟아졌다. 그날 사살된 아기들은 제대로 묻지도 못하고 돌을 쌓아 급히 매장했단다. 붉은 조화가 놓인 아기 돌무덤 터에 아기를 잃고 구천을 떠도는 엄마의 한이 느껴져 눈물에 콧물까지 흘리면서 엉엉 울었다. 이 땅에 태어나서 세상 구경도 채 하기 전에 비명횡사한 아기 울음소리가 가슴을 후빈다. 눈물을 계속 훔치면서 걸었다. 제주도에는 제주인만의 삶이 스며있다. 스쳐 지나가는 뚜벅이는 결코 이해할 수 없는 그들만의 애환이 있다. 나는 아무것도 할 수가 없다. 그냥 눈물 흘리면서 말없이 걸을 뿐이다.

북촌 포구 코앞에 '다려도'라는 작은 무인도가 있다. 섬이라기엔 너무 작지만, 마을 주민에게 풍부한 해산물을 제공한다니 작은 고추의 매운맛을 톡톡히 보여주는 섬인가 보다. 다려도 앞 푸른 바다에 군데군데 동그란 파문이 일어서 자세히 보니 해녀가 물질을 하고 있다. 그녀가 망태 가득 해산물을 따서 콧노래 부르며 귀가했으면 좋겠다. 숲을 따라 한참 걸어 들어가니 동복리 마을운동장이 나온다. 중간 간세 스탬프를 찍고 간세 등에 올라타 브이를 그리며 셀카를 찍는다. 너븐숭이에서 흘린 눈물은 걷다가 다 말라버렸나 보다.

벌려진 동산길이 시작된다. 너럭바위가 벼락에 맞아 쪼개져 두 마을로 갈

라졌다 해서 붙여진 길 이름이다. 헝클어진 마른 풀에 우거진 숲으로 된 길, 여기도 곶자왈이다. 어둑하니 무섬증이 든다. 그래도 숲길 마른 나뭇가지에 매달린 주황색 리본이 위로가 된다. 어웅한 숲속에 나뭇가지와 무성한 나뭇잎을 뚫고 쏟아져 내리는 햇살. 햇살도 반가운 친구가 되는 순간이다. 걷다 보면 자연 친화력이 엄청 업 된다. 놀라운 힘이다.

동복 북촌 풍력발전단지를 지나간다. 깊은 곶자왈 속의 거대한 풍력발전기는 새파란 하늘을 향해 고개를 든 초식공룡 울트라사우루스 같다. 작동하고 있는 풍력발전기 곁을 지나가자니 간담이 서늘해진다. 스워어엉 스워어엉 스워어엉. 거대한 날개가 돌아가는 소리에 온몸이 베이는 것 같다. 단두대의 도끼날이 번뜩이며 목을 내려칠 것 같은 공포감에 완전 쫄아서 한껏 웅크리며 허둥지둥 걸었다. 소리가 너무 무섭다. 겨우 빠져나왔다. 후유.

곶자왈을 벗어나니 넓은 밭이 나온다. 파밭인지 마늘밭인지 잘 모르겠다. 풋풋하고 꼿꼿한 잎이 스프링클러가 뿌려대는 물보라 속에서 더욱 빛난다. 봄 때깔이다. 제주에는 봄도 한 발 먼저 오나 보다. 김녕 포구로 내려가는 인도는 사람이 얼마나 많이 다니지 않았으면 잡초가 인도의 절반 이상을 잠식하고 있다. 뚜벅이에겐 참 고맙다. 보도블록보다는 잡초길이 발이 훨씬 덜 아프지. 무념무상 비몽사몽 걸어서 내려가니 오늘의 끝점인 김녕 포구가 보인다. 간세와 김녕 포구 안내판이 포구 앞 너른 잔디밭에 음전하게 서있다. 흐미, 이쁜 거! 드디어 도착했다. 간세 스탬프를 찍고 근처 식당에서 제육볶음과 계란말이, 콩나물국으로 맛난 식사를 한다. 몰골은 초라해도 속으로는 무지 뿌듯하다. 버스를 타고 느꺼운 마음으로 숙소로 돌아간다.

저녁을 먹고 느긋하게 밤 함덕 해변을 즐긴다. 유럽풍의 이국적인 델문도 카페의 야경과 함께. 카페 입구의 설치물이 나를 사로잡는다. 순간 연못에 들어와 있는 듯 편안한 휴식을 느낀다는 글귀와 함께. 굵은 철사를 엮여 천장에 매달아둔 물고기 두 마리가 조명을 받아 하얀 종이 위에 검은 실루엣의 물고기가 되어 유영하는 설치 예술품 하나로도 카페는 참 멋스럽다. 델문도는 스페인어로 '세상 어딘가에'란 뜻이란다. 커피와 다양한 빵과 아이스크림보다 더 매혹적인 것은 이 카페의 밤 풍경이다. 뻥 뚫린 바다와 푸른 하늘의 경계인 수평선, 속을 숨길 수 없는 저 맑고 순수한 해변에 델문도가 비현실적으로 놓여 있다. 지복의 풍경이다.

숙소 바로 앞에 '걸어가는 늑대'라는 이름의 갤러리가 있다. 늘 궁금했다. 걷기를 끝내고 귀가할 즈음이면 그림을 감상할 힘이 하나도 남아있지 않았다. 갤러리 담벼락에 쓰인 아이의 삐뚤빼뚤한 글씨와 마음 가는 대로 그린 그림 솜씨가 예사롭지 않다. 대단한 녀석이라 생각하면서도 너무 기진한 상태인 데다 늦어서 갤러리를 들르지 못했다. 여유가 있는 날 꼭 들러야지 하고는 숙소로 돌아와 쉰다. 오늘은 6.3㎞가 빠진 16㎞, 29,000보 정도를 걸었네.

01.21.

20. 자연은 자연 그대로일 때 가장 아름답다

20코스 김녕 서포구   제주 해녀박물관

오늘 아침은 계란볶음밥에 달랑 밑반찬 하나다. 이런, 아침이 점점 부실해지네. 이러면 안 되는데. 테이블 위에 놓인 안심 워치를 차면서 생각한다. 아직 위급상황을 맞닥뜨리지 않아 사용한 적은 없지만, 그저 차고 다니는 것만으로도 위안이 된다. 혼자 걷는 나를 지켜주는 호위무사 같다. 밤새도록 비가 내렸나 보다. 숙소를 나설 무렵 비가 그쳐 그나마 다행이다. 하늘은 밤새 비를 못다 쏟아냈는지 잔뜩 흐리다. 버스를 타고 가서 김녕 서포구까지 걸어 내려간다. 8시 10분부터 20코스 걷기를 시작한다.

김녕 마을 벽화는 다채롭고 퀄리티가 상당히 높다. 허리와 다리가 굽은 늙은 해녀가 바닷물을 가르며 물밑으로 들어가는 그림에 '바당서랑 욕심내지 말곡 숨 촘을 만큼만 ㅎ라'는 글귀가 적혀있다. 그림 속 상군해녀 할매는 바로 하심(下心)과 항심(恒心)을 설하는 부처의 화신이다. 지나친 욕심은 언제나 화를 부른다. 그래, 무엇이든 지나치면 모자람만 못하지. 걷기도 마찬가지다. 아직도 제주어에 중세국어 모음 아래아― 춈을, ㅎ라 ―가 쓰이고 있어서 놀라우면서도 고맙다.

구좌 해안로 옹벽 따라 독특한 설치물이 있다. 파도를 형상화하는 곡선 형태의 구리선 사이로 동판으로 만든 물고기 떼가 노니는 형상을 표현해 났다. 로마자로 구좌 해변이라 적은 글자조각 위에 깜찍한 귤 소라 해녀 서핑족 인형을 얹어 놓아 무척 사랑스럽고 친근감마저 든다.

해녀 쉼터 담벼락의 벽화가 내 발을 붙든다. 모서리 한쪽 끝에 잠수복을 입은 해녀 얼굴 반쪽이 그려져 있고 그 아래 '나는 김녕의 해녀입니다. I dive for living'이라 쓰여있다. 모서리 다른 쪽에는 주름진 맨얼굴의 여인 얼굴 반쪽이 맞대어져 있으며, '나는 김녕의 어머니입니다. I am a mother.'라 적혀있다. 가슴 밑이 찡해온다. 울 엄마 생각이 난다. 자식들 먹여 살리기 위해 한평생 손에 물 마를 날 없이 일만 하시다 가신 내 어머니가 생각나 눈물이 퍽 난다. 걷다가 울보가 다 됐다.

김녕 해수욕장은 세기알 해변으로도 불린다. 수평선 왼쪽의 빨간 등대와 오른쪽 기린 목을 하고 있는 풍력발전기를 배경으로 백옥 바다와 흰 모래 해변과 새까만 갯바위가 어우러져 절경을 이룬다. 근데 이리도 아름다운 김녕 해변의 이미지가 한순간 바뀐 일이 벌어졌다. 공중화장실을 찾았는데 출입금지라 적혀있다. 그래서 부랴부랴 주차장 근처 화장실로 갔더니 비밀번호 잠금장치를 해놨다. 헐! 올레길에서 처음 보는 광경이다. 급히 읍사무소로 전화를 해서 비밀번호를 알아냈다. 화장실을 도대체 얼마나 잘 관리하려고 비밀번호까지 걸어뒀지? 열어 보니 세상에 청소가 전혀 되어있지 않았다. 쓰레기가 산더미처럼 쌓여있는 불결한 화장실이었다. 김녕 해변에 대한 좋은 기억이 한 방에 뭉개져 버렸다.

자연이 아무리 아름다워도 인간의 가장 원초적인 욕구를 해결하는 화장실이 불결하니 기분을 확 잡치게 된다. 여긴 우리나라 화장실이 아니야. 중국인가! 시설만 잘해놓고 관리는 엉망인 유일무이한 화장실이었다. 올레길 걷기를 마치고 나서 올레 센터에 건의를 했더니 길은 직접 관리하지만, 화장실은 그 마을에서 관리하는 거라 시정 지시를 하기 어렵다 한다. 화장실 하나로 김녕 해변의 추억에 큰 생채기가 남아 씁쓸했다.

모래언덕 위 마른 풀이 해풍과 밤비에 뭍으로 훅 쏠려 죄다 드러누워 있다. 김수영의 「풀」이 생각난다. 바람보다 먼저 울고 바람보다 먼저 눕는 풀은 그럼에도 불구하고 끈질기게 생명을 이어간다. 너처럼 나처럼. 성세기 태역길— 잔디길 —을 지나간다. 풀밭은 푸르러도, 지금처럼 누렇게 시들어도 변함없이 예쁘다. 해안로가 비에 젖은 현무암 돌길이라 미끄럽다. 광치기 해변에서 삐끗한 왼쪽 발목이 아직도 온전치 않아 조심 또 조심하며 걷는다.

저 앞 풍력발전기 몇 기가 해풍에 힘겹게 돌아간다. 마른 풀더미 모자와 이끼 옷을 입은 환해장성이 너른 품으로 바람을 막아줘서 그나마 다행이다.

겨울 해변도 나처럼 외롭고 쓸쓸해 보인다. 지금 내가 걷고 있는 곳은 파호이호이 용암대지 위다. 파호이호이 용암은 아아 용암과는 달리 점성이 낮아 두께가 얇고 넓게 퍼지는 현무암 용암이다. 육각형 거북 등 모양을 하기도 하고 갈라져 신갈나무 껍질 모양의 새끼줄무늬로 굳은 형태도 있다. 참 신기하다.

용암 틈새 마른 풀과 함께 노란 민양지꽃인지 고들빼기꽃인지 작고 노란 꽃무리가 여기저기 피어있다. 장하고 기특하다. 걷기는 나를 잡식계 여왕으로 만들어준다. 돌아가면 잡식계 왕자인 남편이 위기의식을 느끼겠다. 하하. 아는 것만큼 보이고 알아야 사랑할 수 있다. 다리가 오늘도 나를 대자연 도서관으로 인도한다. 한국 에너지 기술 연구원 건물 뒤로 먹구름이 시커멓게 깔려있다. 하늘도, 건물도, 아스팔트길도, 돌길도 다 칙칙한 무채색이다. 그나마 현무암 돌 틈에 핀 동그란 솔이끼 군락은 초록빛이어서 눈이 어느 정도 정화된다.

월정 해수욕장이 보인다. 행원 포구에 광해군 기착비가 있다. 실정한 광해군이 폐위되어 강화도에서 다시 제주로 유배되자 눈물을 쏟았다 한다. 유배지 제주에서 67세로 생을 마감한 비운의 왕이다. 인지학자 슈타이너는 죽음으로 한 사람의 생이 완성된다고 했다. 그런 점에서 광해군의 삶은 비극적이다. 잘 살아야 잘 죽을 수 있는데 참 어려운 과제인 것 같다. 그 옆 간세 앞에서 나그네는 중간 스탬프를 찍고 무심하게 간다.

잔디밭 솔숲 사이에 좌가 연대— 연기로 소식을 전하던 옛날 통신수단 —가 있다. 크기가 제각각인 채 돌이끼를 뒤집어쓴 자연석 연대라 정이 간다. 앞서 본 화북 별도연대는 인위적으로 조성한 거라 자로 잰 듯 반듯했다. 자연은 자연 그대로일 때 가장 아름답다. 평대 마을 밭고랑길을 걸어간다. 마른 줄기만 남아있지만, 핑크 뮬리를 심은 자리가 분명하다. 평대 해수욕장을 지나 뱅듸— 평대의 제주어로 돌과 잡초가 무성한 벌판이라는 뜻 —길로 간다. 너른 벌판 머리 푼 무성한 억새풀 사이로 노란 잔디 깔린 길이 곧게 쭉 뻗어있어 참 예쁘다.

세화 해수욕장을 지나 드디어 제주 해녀박물관까지 왔다. 걷기를 끝내는 스탬프를 찍고 한림칼국수 세화점에서 보말칼국수로 늦은 점심을 먹는다. 간판에 '보말도 고기다.'라 쓰여있어 혼자 픽 웃었다. 그래 작지만 보말— 고동 —도 까서 모으면 엄연히 한 접시의 고기가 되지. 작다고 무시하면 안 되지, 그럼. 식당에 붙여둔 금주 금연 포스터도 재밌다. 술값 모아 가족 외식하고, 담뱃값 모아 가족여행 가자는 코믹한 문구다. 담배 피우고 술 마시는 아빠는 좀 찔리겠는데. 하하. 보말에 파래에 김가루에 칼국수 국물이 온통 짙은 초록색이다. 뜨끈한 국물을 떠먹었으니 온몸이 초록으로 물들겠지. 걷기를 끝낸 내 마음도 구석구석 초록 물이 밴다. 오늘은 잿빛으로 시작해서 초록빛으로 마감한 날이다. 20.7㎞, 35,700보를 걸었다.

사실 오늘은 남편 생일이다. 종일 걷다 숙소로 돌아와서야 생각났다. 전화로 늦게나마 생일 축하하고 곁에서 못 챙겨줘서 정말 미안하다 했다. 괜찮다 한다. 매일이 우리 생일 아니냐며 오히려 나를 위로한다. 속이 깊은 사람이다. 그래, 밤새 서로를 아끼고 사랑하여 매일 아침 새로 태어난다면 니체의 말처럼 우리는 영원회귀하는 게 아닐까! 근데 영생은 좀 피곤할 것 같다. 신은 죽지 못해서 유한한 인간을 부러워한다지. 미안한 마음에 잡생각이 꼬리를 물어 좀 뒤척이다 잠들었다.

01.22.

21. 판초가 바람을 잔뜩 먹고는 나를 뒤로 휙

된장찌개에 식은밥 한 술을 올려 먹는다. 소박하다 못해 부실한 아침. 나름 하루를 여는 내 몸에 대한 최소한의 배려는 한 거다. 하늘을 보니 오늘은 종일 비와 함께 걸어야 할 것 같다. 버스에서 내리니 비가 제법 내린다. 바로 판초를 꺼내 덮어쓴다. 오늘 길은 참 무겁고 더디겠다. 8시 30분경 제주 해녀박물관 입구에서부터 21코스 걷기를 시작한다. 제주 해녀 항일기념탑이 잿빛 아침 하늘 아래 비를 곱다시 맞고 무겁게 서있다. 나라를 되찾기 위해 독립운동을 하던 이는 목숨을 내놓고 시작한 독립열사였을 것이다. 그럼 제주 해녀는 왜 만세운동에 동참했을까? 아마 해녀 어머니들은 새끼가 살아가야 할 땅을 지키기 위한 모성애 하나로 독립만세 운동에 참여한 걸 거야. 신념보다 모성애가 더 힘이 세지 않을까!

낮물밭길 표지판이 있다. 현무암 돌담 사이로 폭이 제법 넓은 고랑길이 가득 고인 빗물로 도랑이 되어있다. 무밭은 온통 초록이나 성마른 유채꽃 무리가 군데군데 샛노랗게 피어있어 잠시 초봄인 듯 착각한다. 돌담 곁에 봉두난발로 서있는 마른 잡목과 검은 진흙탕길, 초록 당근과 무밭이 지평선 액자 안에 어우러져 멋진 풍경화 한 점을 만든다.

길가에 별방진— 구좌읍 하도리에 있는 조선 시대 제주 동부지역 최대의 군사기지 —이 나온다. 타원형 성곽이었는데 지금은 허물어져 나지막한 성의 윤곽으로만 남아있다. 밭길을 벗어나니 제법 넓은 시멘트 마을길이 나온다. 헉! 길이 도랑이 되어 까치발로도 걸을 수가 없다. 새라면 날아오르기라도 하지! 할 수 없어 등산화를 신은 채 철벅철벅 물길을 걸어갔다. 하루 종일 젖어서 걸었다. 젠장. 발톱 무좀이 안 생기면 오히려 이상하지. 반년 이상이 지난 지금도 밤마다 약을 바르면서 내 발톱과 발가락한테 사과하며 용서를 구한다.

석다원에서 중간 간세 스탬프를 찍는다. 간세가 칠이 벗겨져 백반증 앓는 조랑말 같다. 지금껏 본 간세 중 제일 초라하다. 걷기를 끝내고 올레길 보수 비용으로 기부할 돈이 이 녀석의 피부 치료에 쓰이면 좋겠다. 비가 내릴 때는 패스포트에 스탬프 찍기가 정말 힘들다. 장갑 위에 조심스럽게 올려놓고 스탬프를 찍는다. 패스포트 겉지에 빗물이 묻는다. 손수건으로 물기를 닦고 더 젖지 않게 재빨리 작은 백에 넣었다. 남들은 그게 뭐라고 저 난리지 할 수 있다. 근데 뚜벅이한테는 정말로 소중한, 추억의 소환자료이자 엄청난 동기 부여가 된다. 온몸으로 제주 올레길을 걸어낸 것을 증명하는 거니까.

설상가상 소낙비에 엄청난 해풍까지 분다. 현무암 돌덩이가 거센 비바람과 파도에 떠밀려 해변 시멘트길 위에 나뒹굴고 있다. 수직으로 서있을 수가 없을 지경이다. 자꾸 뒤로 밀리고 옆으로 밀린다. 헉! 판초가 바람을 잔뜩 먹고는 나를 뒤로 획 잡아챈다. 빗발에 센바람까지 몰아쳐 앞을 제대로 볼 수가 없다. 머리를 아래로 처박고 겨우 한 걸음씩 뗄 뿐이다. 어쩌란 말이냐, 이 미친 비바람아! 해변가 야자수도 미친 듯이 헤드뱅잉을 한다. 문주란 자생지로 알려진 토끼섬은 아예 쳐다볼 수도 없었다. 머리를 치켜들 수도 없는 데다가 빗물이 흘러내리는 안경에 시야도 가려서 그냥 길바닥만 보고 걸어야 했으니까.

하도 해수욕장 파도가 거품 문 괴물처럼 달려든다. 무섭다. 다리를 겨우겨우 지나간다. 오른쪽에는 바다로 이어진 호수가 있다. 흐린 비안개 속 호수 가운데 놓인 몽환적인 작은 모래톱 하나. 갈매기 떼가 비바람을 피해 모래톱 위에 머리 맞대고 웅크리고 있다. 호수의 푸른 물빛과 달리 모래톱 주변은 얕아서 물빛이 노르스름하다. 호숫가 누런 갈대 무리 중 대찬 녀석들은 꼿꼿이 서서 버티고 있고 대부분은 바람을 맞아 한쪽으로 푹 쓰러져 있다. 나는 현실적으로 몹시 처절했지만, 풍경은 비현실적으로 엄청 아름다웠다. 비바람 맞고 걷는 이 세계와는 전혀 다른 시공간 속의 파라다이스를 봤다.

이중으로 된 돌담 속 거대한 가족 공동묘지의 비석이 비에 젖어있다. 삶과 죽음은 참 가깝다. 다리에 힘을 주고 균형을 잡고는 땅 위에 곳곳이 서야 제대로 산 자라 할 수 있다. 균형을 잃고 가로로 드러눕는 순간부터는 제대로 된 삶을 산다고 볼 수 없다. 어느 인지학자의 "선다. 고로 나는 존재한다."라

는 말에 격하게 공감한다. 비가 좀 듣기 시작한다. 판초는 그대로 입고 모자만 벗고는 한숨 돌리고 혼자 웃었다. 비바람을 용케 견디며 걷는 나를 격려하는 웃음인가? 모르겠다. 그냥 실없이 웃었다. 넓고 푸른 당근밭. 땅속에서 위로 솟을 준비를 하는 붉은 당근 뿌리 대신 파릇한 당근잎이 당근의 건재함을 알린다. 땅에서 새 생명이 울울거리는 진동이 느껴진다.

지미봉으로 천천히 올라간다. 어린 굴거리 나뭇잎이 난간 사이로 얼굴을 쏙 내민다. 오름 정상에서 숨을 고르고 사방을 내려다본다. 흐린 바다 오른쪽에는 성산 일출봉이, 왼쪽에는 우도가 길게 펼쳐져 있다. 걸어온 길을 죄다 품고 있는 북동쪽 해안길이 보인다. 하산길 계단 아래, 비바람에 여기저기 떨어져 누운 붉은 동백꽃이 처연하다. 드디어 올레 마지막 코스이자 첫 코스인 종달 바다가 나온다. 기분이 참 묘하다. 큰 파도에 갈매기 떼가 해안 갯바위마다 서로 옹기종기 몸을 기대고 있다. 그래, 서로 기대며 살아야지. 절대적인 나, 독자적인 나는 없어. 내가 넘어온 지미봉이 아스라하다.

유명한 맛집인지 식당 안에 사람이 꽤 많다. 비에 흠뻑 젖은 판초와 배낭을 벗으니 한 짐이다. 스틱까지 보태어져 의자 하나를 차지한다. 혼자만의 축하파티를 벌인다. 보말칼국수에 문어 해산물 한 접시와 맥주 한 병을 시켰다. 주인장이 혼자라는 걸 알고 이인분 이상이라야 시킬 수 있는 문어 해산물을 특별히 일인분으로 만들어준다. 땀과 비에 젖어 몰골이 엉망인 일인 뚜벅이를 내치지 않고 받아줘서 너무 감사하다. 이인 테이블은 없고 가족 단위의 손님들로 문전성시를 이루는 식당에서 혼자서 4인 테이블을 차지해야 하는 내가 결코 고운 손님은 아님에도 불구하고.

뜨거운 국물과 싱싱한 해산물— 문어, 소라, 멍게 —과 시원한 맥주 맛이 어찌 환상적이지 않겠나! 시작점으로 되돌아옴을 혼자 충분히 자축했다. 시작점이자 출발점인 종달 바다 간세 옆에서 비에 젖은 판초를 입고 펄렁이는 마스크를 목에 건 채 브이를 그리며 활짝 웃고 서있는 나를 본다. 드디어 돌아왔다! 만세, 만세, 구연미 만세다. 3시경 걷기를 마치고 종달리에서 버스를 타고 숙소로 돌아간다.

숙소인 다몰 펜션 바로 앞에 있는 갤러리, '걸어가는 늑대들'에서 드디어 천재 화가이자 동화작가인 전이수를 만난다. 긴 머리를 뒤로 묶고 활짝 웃고 있는 이수 사진과 피카소 그림을 닮은 이수 그림 간판이 있다. 이럴 수가! 이렇게 만남은 기막힌 우연으로 일어난다. 몇 년 전에 「영재발굴단」이란 TV 프로그램에서 본 아이다. 제주에 산다던 천재, 9살짜리 꼬마— 이제는 14살 소년 —를 그야말로 우연히 길 위에서 만나게 된 거다. 카페에서 커피와 간식을 시켜 해설사와 예약 팀을 기다린다. 알고 보니 내게 커피와 간식을 서빙한 분이 이수 어머니 김나윤 씨였다. 해설사가 동영상을 통해 전이수 작가를 간단히 소개하고 나서 각자 일, 이층 갤러리에서 그림과 글을 감상했다. 천사가 가슴으로 그린 그림과 글이 나를 전율케 한다.

어쩜 저리도 순수하고 맑은 영혼을 가진 아이가 있지? 저 아이는 앞으로 어떤 어른으로 성장할까? 지금이 저 아이의 절정은 아니겠지! 모든 아이는 부모의 사랑과 교육으로 자라겠지만, 엄마와의 관계가 너무나 끈끈한 저 친구가 먼 훗날 엄마랑 어떻게 헤어질 수 있을까? 놀랍고 감동적인 이수의 작품을 접하면서 온갖 감정이 다 일었다. 감사하고 행복한 경험이다. 동화책 『나의 가족, 사랑하나요?』, 『소중한 사람에게』 2권과 엄마의 수필집 『내가 너라도 그랬을 거야』를 샀다. 그리고 이수 그림이 코팅된 머그컵 두 개도 샀다. 엄청 기분이 좋다. 돈이 하나도 아깝지 않았다.

머그컵 하나는 검은 바탕에 붉은 재규어가 원시적인 강렬한 자태로 서있다. 나도 재규어처럼 날카로운 눈빛으로 내 꿈을 향해 두려움 없이 달려가고 싶다. 다른 하나는 숲의 나무들이 손을 뻗어 도와달라는 듯이 하얀 바탕에 테두리 선으로만 그려져 있다. 그중 한 그루만 초록 잎과 브라운색 목피로 색칠되어 있다. 아마 우리 모두가 숲을 푸르게 가꾸어 나가자는 강한 메시지를 전하는 듯하다. 작가는 더 이상 아이가 아니라 영적 레벨이 높은 구루 같다. 아이의 놀라운 작품이 눈과 가슴을 벅차게 한다.

더 오래 보고 싶었지만 많이 지친 상태라 숙소로 돌아왔다. 올레 걷기를 끝낸 후 독서모임 책으로 적극적으로 추천해서 친구들과 함께 읽었다. 공감하면서 다시 전이수와 김나윤이라는 맑고 순순한 영혼과 만나는 기쁨을 맛봤다. 길은 이렇게 뜻하지 않은 선물을 주기도 한다. 오늘은 거센 비바람 속에서 17㎞, 29,000보를 걷고 와서 이수라는 천사 동화작가를 만나는 행운까지 얻은 행복한 날이다. 이제 올레 코스 중 빠진 14코스와 18-1 추자도 코스만 남았네.

01.23.

22. 길을 걷기 위해 내가 쏟은 기다림의 시간은

14코스는 왜 빼먹었지? 그래, 걷기가 힘든 막내 때문에 쉽고 예쁜 길을 택하느라 그랬어. 14코스를 제치고 상대적으로 짧고 좀 편한 14-1코스와 15코스를 택했었지, 그때. 남은 반찬을 몽땅 꺼내 아침을 차려 먹고는 6시 40분 버스를 탄다. 제주 시내에서 환승한 다음 한림항에 내리니 8시 30분이다. 8시 50분부터 14코스 걷기가 시작된다. 어휴. 일어나 준비한 시간은 빼더라도 버스를 타고 출발점까지 오는데 2시간 10분이 소요됐다. 길을 걷기 위해 내가 쏟은 기다림의 시간은 걷기에 환산이 되지 않는다. 그러나 걷는 사람은 다 안다. 좋아하는 무언가를 위해서 우리가 얼마나 많은 기다림과 지루함을 견뎌내는지. 14코스는 역방향으로 걷는다.

한림항 비양도 선착장부터 시작이다. 언니와 정아랑 14-1코스 걸을 때도 여기서 시작했지. 낯설지가 않다. 옹포 포구를 걷다가 옹벽 벽화그림 위로 길게 드리워진 내 그림자를 본다. 모자를 쓰고 배낭을 메고 스틱을 들고 무릎보호대를 착용하고 무릎을 굽혀 걷고 있는 그림자. 컬러는 빠졌으나 벽화 바탕의 푸른색이 우리어 그림자가 먹색이 아니라 진청색이 되어 있다. 너, 무소의 뿔처럼 혼자서 잘 가고 있나? 나도 저 그림자처럼 잡다한 색은 다 빼고 나만의 고유한 빛깔인 진청색만 지니고 가면 되겠지. 지금 이 순간만큼은 그림자가 애처롭지 않고 가벼우면서도 당당해 보인다.

갯바위 끝에 쌓아놓은 방사탑 위에 갈매기 조각상을 얹어놨다. 마을에 들어오는 액을 막기 위해 쌓아둔 방사탑이 마을마다 하나씩 있다. 미신이라 치부하면 안 될 것 같다. 인간 스스로 나약한 존재임을 알기에 눈앞에 보이는 해신에게 복은 받고 액은 가져가기를 바라는 거다. 이고득락은 모든 인간의 바람이니까 방사탑이 왠지 인간적인 너무나 인간적인 돌탑처럼 느껴진다.

협제 해수욕장이 보인다. 해변공원이 깔끔하게 조성되어 있고, 야자수가 유난히 많아 야자수 길을 걸으니 마치 내가 여왕이 되어 만조백관의 하례를 받는 듯하다. 괜히 기분이 좋다. 백사장 모래도 유난히 희고 바닷물도 백옥빛으로 속을 다 드러낸다. 함덕 해수욕장과는 또 다른 아름다움을 자아낸다.

날씨도 포근해 봄기운을 느낀다. 낮빛이 편안하고 몸도 훨씬 가볍다. 기분 탓인가!

금능 등대를 지나니 세 번째 숙소가 있던 월령 포구가 나온다. 반갑다. 이곳 푸르다 오션에서 무려 7박을 했으니 정이 듬뿍 든 곳이다. 월령 선인장 자생지가 나온다. 거대한 월령리 선인장 무리가 해변 데크길을 따라 갯바위를 군데군데 푸르게 장식하고 있다. 어디 꽃만 아름다우랴! 눈앞의 선인장은 꽃도 없이 열매를 달지 않고 푸른 잎에 날 세운 가시만으로도 얼마든지 멋있다.

무명천 산책길은 길이 참하다. 햇볕도 따뜻하고 마른 풀이 깔린 걷기 좋은 흙길이라 거의 경보 수준으로 팔랑거리며 걸었다. 걷다 보면 이리 예쁜 길도 제법 있다. 큰 소낭 숲길이다. 큰 소나무가 많은 숲길이라더니 역시 그렇다. 이어 굴렁진 숲길이 나온다. 굴렁지다는 움푹 팬 지형이란 뜻인데, 아니나 다를까 길이 거의 다 울퉁불퉁한 현무암 돌길이다. 자빠지면 얼굴은 피딱지 곰보가 되고, 발목은 접질려 절뚝이가 될 게 뻔하다. 신경을 곤두세워 걸었다.

2시경에 14코스 끝점인 저지 예술정보마을에 도착했다. 익숙하다. 언니랑 정아랑 14-1코스를 시작할 때 왔던 곳이니까. 소리원에서 새우짬뽕을 먹고 마을버스로 동광마을까지 가서 201번으로 환승해서 제주 시내로 들어왔다.

다시 3번째 환승을 해서 제주시에서 5시경에 출발 함덕에 도착하니 거의 6시경이다. 오 마이 갓! 걷기를 끝내고 숙소로 돌아오는 데까지 4시간이나 걸린 14코스. 대단하다. 어둑해진다. 해어랑 횟집에서 전복뚝배기에 청하로 또 자축한다. 매일이 파티네, 어째! 오늘도 23.21km 40,000보를 걸었다.

01.24.

23. 완주코스에 난 작은 구멍을 두고 볼 순 없지

이 구간에 대한 비하인드 스토리. 19코스를 걸을 때 숙소가 함덕 해수욕장이어서 조천만세동산에서부터 걷지 않고 함덕 해수욕장에서 걷기 시작했다. 이 바람에 7.4㎞가 빠졌다. 스탬프를 다 찍어서 그냥 넘길 수도 있다. 하지만 뚜벅이의 자존심과 양심이 이걸 허락하지 않는다. 완주 코스에 난 작은 구멍을 두고 볼 순 없지. 아침 일찍 집을 나서 한 15분 정도 버스를 타고 만세동산에 내려서 7시 20분부터 허허롭게 걷기 시작한다.

아침 숲이 찬 서리에 침잠해 있어서 살짝 춥기도 하고, 약간 두렵기도 하다. 아참, 나무들이 내 친구였지. 해변으로 내려가는 길가 낮은 관목 사이에 시든 야자수가 설멍하게 서있다. 잎이 시들어도 야자수는 이국적인 멋을 풍긴다. 관곶 해변이 나온다. 바다를 곁에 두고 황량한 벌판길을 걷는다. 바로 앞에 수녀님 한 분이 머리 두건을 휘날리며 혼자 걷고 계신다. 수녀님이 앞에 계시니 그냥 마음이 편안하다. 그렇게 수녀님 뒷모습을 길잡이 삼아 참 가볍고 편하게 걸었다. 따뜻한 아침 햇살을 받고 쪽배에 드러누워 물결 흐르는 대로 흘러가듯이 그렇게. 어느 결에 함덕 해수욕장이다. 7.4㎞, 13,000보로 즐거운 아침 산책을 하고 왔다. 9시 10분에 숙소에 도착했다.

18-1코스인 추자도는 풍랑주의보가 내려갈 수가 없다. 일단 집으로 돌아갔다가 파도가 가라앉기를 기다려 다시 제주로 와서 들어갈 수밖에. 번거로워도 다른 방법은 없다. 추자도는 하늘이 허락해 준 좋은 날에만 들어갈 수 있다. 추자도가 참 비싸게 군다. 짐을 정리하고 남편을 기다린다. 어김없이 내 사람이 나를 데리러 왔다. "아이구, 대단해요!" 나를 꼭 안아준다. 둘이 손잡고 함덕 해수욕장을 거닐다가 델문도 카페에서 커피를 마시면서 서로의 안부와 낯빛을 살핀다. 별말 없이 눈빛과 미소로 격려와 칭찬과 위로를 주고받는다. 대단하다, 장하다, 고맙다고 그가 말한다. 당신 덕분에 무사히 올레길을 걸어내서 감사하다고 내가 말한다. 오후에 돌아가야 해서 갤러리는 다음에 와서 보기로 한다.

　짐을 싣고 제주시로 나와 딸이 알려준 맛집- 우진식당 -을 찾아갔다. 유명한 맛집이라 여행객들로 엄청 붐빈다. 한 이삼십 분쯤 기다렸나! 제주도에 오면 몸국을 주로 먹었는데 딸이 추천한 고사리 우거지탕을 시킨다. 뻑뻑하고 구수한 고사리 우거지탕인데 맛이 있어 줄을 선 게 하나도 억울하지 않다. 공항에서 짐을 부치고 안심 워치를 반납한다. 오만 원을 돌려받았다. 시원하면서도 섭섭한 이 기분, 참 묘하다. 추자도 올레길만 남겨놓고 24일 만에 집으로 돌아간다. 아듀, 제주 올레길아, 알비백- I'll be back -!

01.25.

24. 뒤에서 손잡이를 꽉 붙들고 엄청 쫄아서

설 연휴 기간 1박 2일로 마지막 18-1코스 추자도를 걸으러 제주로 날아간다. 배낭과 스틱만 있으니까 단출해서 좋네. 공항에서 바로 택시로 제주항 연안여객터미널 6부두에 도착해서 9시 30분 추자도행 배표를 끊었다. 시간을 최대한 밀도 있게 쓴다. 터미널 맞은편 상가는 대부분 폐업 상태다. 코로나 이전에는 중국 관광객을 맞이하며 문전성시를 이루던 곳이었으리라. 천지불인이다. 거리는 스산해도 바다는 은빛으로 무심히 빛나고 있다. 9시 30분발 퀸스타 2호를 타고 상추자항에 11시경에 도착한다. 1시간 20분 정도 소요됐다. 파도가 잔잔해 편안하게 왔다. 당일치기로 오늘 오후에 돌아올 예정이다. 배편이 하루에 오전 오후 각 한 번뿐이라 하룻밤을 추자도에 자기에는 경비나 시간상 무리가 있다고 판단해서다.

상추자항에서 시작점 스탬프를 찍고 골목길로 봉글레산으로 향한다. 골목길을 지나 초등학교 펜스를 따라 올라간다. 햇살에 등이 따뜻하다. 이른 봄이 자기가 여기 산기슭에 와있노라고 소곤거린다. 잡목 가지 끝에는 성급한 푸른 새잎이, 땅에는 고사리와 냉이가 파릇하게 돋아있다. 산이 나지막해서 나들이객이 제법 눈에 띈다. 봉글레산은 이름마저 사랑스럽다. 산길 역시 흙길로 포시럽다. 최영 대장군 사당을 지나간다. 장군의 발자취는 한반도 끝에서 끝까지 이어지네. 추자도(楸子島)에는 예부터 가래나무— 추(楸)가 가래나무를 뜻함 —가 많았나 보다. 정상에서 기념 셀카를 찍는다. 팔이 짧아 항상 나를 다 담진 못해도 환한 미소만은 제대로 담았다.

추자도는 군도로 제주도의 다도해라 불린다. 정상에서 바라보니 여기저기 섬들이 꽤 많다. 외롭지 않겠다. 친구가 많아서. 오른쪽 아랠 보니 내가 걸어가야 할 길이 실뱀처럼 구불구불 등성이를 가로지르고 있다. 다른 뚜벅이가 있어서 오늘은 외롭지 않겠다. 조심해서 내려간다. 해변 광장까지 내려갔다가 다시 마을 골목길로 들어선다. 처서각에 바라본 추자도 풍경이 평화롭기만 하다. 숲길 끝 양쪽 헝클어진 덩굴에 휘감긴 나목 사이로 지평선과 맞닿아 있는 나무계단길이 음전하니 참 예쁘다. 천국으로 가는 계단 같다.

등성이 억새밭 갈림길에서 나바론 절벽을 바라본다. 수직으로 솟은 기암괴석이 파도치는 바다를 위압적으로 내려다보는 광경은 사뭇 장엄하고도 경이롭다. 아쉬워 계속 뒤를 돌아다보며 걷는다. 걷다 보니 추자 등대가 나온다. 인간의 솜씨로 만든 추자 등대도 나바론 절벽 못지않게 수직미를 뽐내며 당당하게 서있다. 상추자도에서 가장 높은 곳에 위치해서 전망이 끝내준다. 망망대해에 점점이 널려있는 섬들은 바다가 갈라놓은 듯해도 심연에서는 서로 손을 꼭 붙잡고 있겠지. 그래서 외롭지 않아. 등대 뜰에 멋진 조형물이 설치

되어 있다. 2층 전망대에 서니 내려가는 길이 한눈에 보인다. 인생길도 미리 볼 수 있다면 좋을까? 아니, 그건 좀 아니지. 그냥 하루하루 발아래 놓인 길을 즐겁게 걸어가면 되지.

상하추자도를 연결하고 있는 추자교를 지나간다. 바로 앞 돈대산을 가로질러 묵리마을로 가야지. 돈대산 등성이길은 숲이 우거져 서늘하다. 흙길이라 걷기 딱 좋다. 묵리마을을 거쳐 드디어 중간 간세가 있는 묵리 슈퍼가 보인다. 스탬프를 찍고 간이의자에 앉아 참으로 선선한 여유를 맛본다. 환한 미소를 지으며 독사진을 찍었다. 얼굴에 '나, 착한 사람'이라 쓰여있는 총각이 선뜻 사진을 찍어준다. 강원도 어느 학교에 근무하는, 지리를 전공한 총각 선생님이라는데 선한 기운이 팍 느껴지는 이다. 제주 올레길을 혼자 걷는 뚜벅이로 공감하는 바가 많았다. 억새 들판을 걸어가면서 시간 가는 줄 모르고 이야기하며 즐겁게 걸었다.

그 총각 선생은 하추자도로 가고 나는 오후 배를 타야 해서 하추자도는 스킵하고 돌아가야 한다. 벌판을 내려와 해변 순환도로가 왼쪽으로 돌아가기에 여기서 서로 인사하고 헤어지면 될 줄 알았다. 근데 길 안내표지판을 보니 이미 우리가 하추자도 예초리까지 가버린 거다. 둘 다 당황했다. 그는 내가 4시 반 배를 타야 하는 상황을 알고 급히 버스 시간을 알아봤다. 마을 주민에게 물어보니 시간이 맞지 않아 버스를 탈 수도 없었다. 택시를 잡을 수도 없고 난감했다. 추자도에서 하루를 자야 하나!

　그때 길에 세워둔 낡은 지프차를 향해 어떤 아저씨가 손에 뭐를 들고 걸어 오고 있었다. 급한 마음에 간절히 부탁을 드렸다. 상추자도항에 오후 배를 타야 하는데 차비를 드릴 테니 좀 태워줄 수 없겠냐고. 설 차례를 지내고 음복을 했는지 그 아저씨 얼굴이 불콰해 보였다. 손에는 차례 음식을 싼 봉지가 들려 있었다. 내 간절함이 통했는지, "그럼 타소." 한다. 걱정스럽지만 탈 수밖에 없다. 총각 선생님은 잘 가시라고 차가 멀어질 때까지 손을 흔들며 고개 숙여 작별 인사를 한다. 짧지만 참 즐거운 만남이었다. 이름도 채 묻지 못했다.

　뒷좌석에 탔는데, 산소통도 있고 어구가 이리저리 널려있었다. 다리를 겨우 구겨 넣고 앉았다. 추자도라 뱃일을 하시는 분인갑다. 무슨 노래인가는 모르겠지만 볼륨을 있는 대로 높여 신나게 노래를 따라 부르면서 도로를 전속력으로 달린다. "걱정하지 마소. 배는 충분히 탈 수 있소." 한다. 사실 나는 뒤에서 손잡이를 꽉 붙들고 엄청 쫄아서 반쯤 혼이 빠져있었다. 이 사람이 나를 엉뚱한 곳으로 데려가면 어쩌지, 속도를 내다 차가 바다에 처박히면 물귀신이 되나, 배 시간을 놓치면…. 혼자 온갖 소설을 쓰고 있는 동안, 차가 어느새 상추자도항에 도착했다. 한 십오 분 정도 걸린 것 같다. 휴, 살았다. 아저씨께 폴더 인사를 하고 감사하다고 거듭 말씀드리고 차비를 만 원 드리니까 안 받겠다고 한사코 손사래를 친다. 차 안에 던지다시피 하고 내뺐다. 길 위에선 예기치 않은 일과 맞닥뜨리기도 하고 또 예상치 못한 인연의 도움으로 위기에서 벗어나기도 한다. 그 아저씨 덕분에 무사히 4시 반 배를 타고 제주시로 돌아갈 수 있게 되었다. 감사하다. 암튼 나는 인덕이 많은 사람인가 보다.

덕분에 늦은 점심을 먹을 시간마저 생겼다. 설 연휴라 터미널 근처 대부분의 식당이 문을 닫았다. 문을 연 식당은 문전성시다. 횟집에 분명히 빈자리가 있는데 혼자라 거절당했다. 잠시 속상했다. 역지사지해 본다. 주인장은 설 연휴 쉬지도 않고 문을 열었으니 손님을 한 사람이라도 더 받고 싶겠지. 이런 상황에 나 혼자 한 테이블을 차지하는 건 좀 그렇겠네. 쿨하게 근처 편의점에서 컵라면과 커피 한 잔으로 주린 배를 달랬다. 그래도 괜찮다. 저녁은 제주시에서 제대로 먹어야지. 무사히 18-1 추자도 코스를 끝내고 4시 반배로 제주시로 돌아왔다.

제주시 외곽 작은 모텔에 짐을 부린다. 내일 아침 일찍 서귀포 올레 여행자센터로 가서 완주인증서를 받고 다시 제주시로 와서 부산행 비행기를 탈 생각이다. 저녁을 먹으러 밤거리로 나왔다. 유명 맛집은 역시 발 디딜 틈이 없다. 코로나로 다들 힘들다 하지만 다녀보니 잘 되는 집은 오히려 더 잘 되는 것 같다. 혼자라 여기서도 환영받지 못하겠다. 거절당하기 전에 그냥 한산한 육개장 집에서 내가 좋아하는 육개장을 먹었다. 26코스를 완전히 끝낸 날인데 자축해야지 싶어 수육 한 팩과 청하를 사서 숙소로 왔다. 장하다. 수고했다. 대단하다. 드디어 제주 올레 26코스를 다 걸었네. 최고다. 횡설수설하다가 참으로 홀가분하고 기쁜 마음으로 두 다리 쭉 뻗고 잠들었다. 오늘은 추자도 코스는 18.3㎞, 31,572보를 걸었다.

02.12.

나오기

이 차이 나는 거리마저도 사랑한다

아침 제주 순환버스를 타고 서귀포 올레 여행자센터로 갔다. 가는 길이 이제 낯설지가 않다. 완주 인증서랑 기념메달 받고, 완주 기념사진도 활짝 웃으면서 찍었다. 바로 올레 홈페이지에 후기와 사진을 업로드해서 올려준다. 엄청 뿌듯하다. 기쁜 마음에 올레길 보수비용으로 쓰라고 십만 원을 기꺼이 기부했다. 다시 버스 타고 제주공항으로 가서 부산으로 돌아왔다. 제주 올레길을 23일 동안 총 491.69km, 847,452보를 걸었다. 이 거리는 숙소에서 시작점까지 가고 오는 거리와 잘못 걸어 되돌아간 거리까지 포함되어 자료로 제시한 거리인 425km와는 거의 65km 정도 차이가 난다. 나는 이 차이 나는 거리마저도 사랑한다. 사랑하는 일을 하는 데는 힘들고 괴롭고 고독한 일이 더 많다. 걷기는 내가 고통을 견디어 낸 만큼의 선물을 아낌없이 안겨준다. 그래서 기꺼이 두 시간 이상 버스를 기다리기도 하고, 세 번씩이나 환승을 하기도 했다. 혼자 리본을 놓쳐서 헤매고 눈물 삼키며 걷기도 하고, 비바람과 눈보라를 있는 대로 맞으며 걷기도 했다. 사랑하니까 좋으니까 행복하니까 걷는다. 지금껏 길만큼 많은 걸 내게 보여준 건 없다. 그래서 나는 오늘도 길을 나선다.

2021.02.13.

간세와 백신

펴 낸 날 2022년 12월 30일

지 은 이 구연미
펴 낸 이 이기성
편집팀장 이윤숙
기획편집 윤가영, 이지희, 서해주
표지디자인 윤가영
책임마케팅 강보현 김성욱
펴 낸 곳 도서출판 생각나눔
출판등록 제 2018-000288호
주   소 서울 잔다리로7안길 22, 태성빌딩 3층
전   화 02-325-5100
팩   스 02-325-5101
홈페이지 www.생각나눔.kr
이 메 일 bookmain@think-book.com

• 책값은 표지 뒷면에 표기되어 있습니다.
  ISBN   979-11-7048-511-7(03810)